山东文化体验廊道故事丛书·上编

鲁西
红色文化故事

LUXI HONGSE
WENHUA GUSHI

总编纂　王志民
主　编　刘海鹰

山东文艺出版社

图书在版编目（CIP）数据

鲁西红色文化故事 / 刘海鹰主编. — 济南：山东文艺出版社，2023.9

（山东文化体验廊道故事丛书）

ISBN 978-7-5329-6918-0

Ⅰ.①鲁… Ⅱ.①刘… Ⅲ.①历史故事—作品集—中国 Ⅳ.①I247.8

中国国家版本馆CIP数据核字（2023）第106001号

鲁西红色文化故事

LUXI HONGSE WENHUA GUSHI

总编纂　王志民　　主编　刘海鹰

主管单位	山东出版传媒股份有限公司
出版发行	山东文艺出版社
社　　址	山东省济南市英雄山路189号
邮　　编	250002
网　　址	www.sdwypress.com

读者服务	0531-82098776（总编室）
	0531-82098775（市场营销部）
电子邮箱	sdwy@sd-press.com.cn

印　　刷	山东临沂新华印刷物流集团有限责任公司
开　　本	880毫米×1230毫米　1/32
印　　张	7.5
字　　数	161千
版　　次	2023年9月第1版
印　　次	2023年9月第1次印刷
书　　号	ISBN 978-7-5329-6918-0
定　　价	59.00元

前　言

　　党的二十大报告明确提出："坚守中华文化立场，提炼展示中华文明的精神标识和文化精髓，加快构建中国话语和中国叙事体系，讲好中国故事、传播好中国声音，展现可信、可爱、可敬的中国形象。"习近平总书记在文化传承发展座谈会上深刻指出，要在新起点上继续推动文化繁荣、建设文化强国、建设中华民族现代文明。编纂出版《山东文化体验廊道故事丛书》（以下简称《丛书》）是深入学习贯彻党的二十大精神和习近平总书记重要指示精神，贯彻落实山东省委、省政府关于打造文化"两创"新标杆部署要求的重要举措，是立足山东文化资源优势，以沿黄河、沿大运河、沿齐长城、沿黄渤海和沿胶济铁路等文化体验廊道为轴线，以各市文化体验廊道建设为着力点，撷取历史文化精华的大型普及性学术工程，是在新的历史起点上讲好山东故事、坚定文化自信、推动文化繁荣、促进文旅结合的重点文化项目。

　　山东，古称"齐鲁之邦"，是中华文明最重要的发源地之一。奔流的黄河由山东入海，齐鲁大地是黄河文明的核心区域之一。巍峨屹立的泰山，自古以来就是历代帝王封禅之地，是中国东方上层文化的活动中心，1987年被联合国教科文组织列为中国第一个世界文化、自然双重遗产。黄渤海环绕的山东半岛是全国最大的半岛，漫长海岸线形成了丰厚的海洋文化资源，一直是中国北方海上丝绸之路的重要门户。山东又是伟大思想家、教育家孔子和孟子的故乡，是儒家文化的发源地，是中国人乃至全球华人、华裔心中的"圣地"。在被称为中华文明"轴心时代"的春秋战国时期，齐鲁是中华文明的"重心"所在：诸子百家，多出齐鲁；儒墨显学，独领风骚。齐国故都临淄，是当时最大的工商业都城，被国际足联命名为"足球起源地"；这里诞生了中国历史上最早的大学堂——稷下学宫，是诸子百家争鸣的学术文化中心；齐长城西起济水，东到大海，蜿蜒于泰沂山脉，全长一千余里，是现存最早的有准确遗迹可考、保存状况较好的古代长城；被列为世界文化遗产名录的京杭大运河，纵贯山东南北，极大影响了元明清以来山东地区的经济文化发展，鲁西沿岸城市带的崛起，成为中国南北文化交流融合的运河明珠，见证了山东地区社会文化的隆替嬗变。近代以来，随着烟台、青岛等沿海城市的崛起和胶济铁路的修筑，山东成为中西文化交流、冲突、碰撞、融合的核心地区之一，收回青岛主权成为"五四"爱国运动的导火索。革命战争年代，山东党政军民用生命和鲜血凝聚而成的"党群同心、军民情深、水乳交融、生死与共"的"沂蒙精神"，是齐鲁优秀文化、伟大建党精神与中国共产党领导的人民革命英雄主义精神的集中体现，是对山东境内沂蒙、胶东、渤海、鲁西（冀鲁豫边区）

等抗日革命根据地红色文化、革命精神的集中凝练和概括，与延安精神、井冈山精神、西柏坡精神等一起成为中国共产党人精神谱系的重要组成部分。齐鲁文化在中华文明发展中的特殊地位，山东地区源远流长、丰富厚重的文化资源，坚定文化自信和自觉的历史责任担当是我们举全省之力编纂《丛书》的内在动力。

《丛书》以国家文化公园建设为引领，以落实文化"两创"、推动"两个结合"为宗旨，以推动全省及各市文化建设为目标，是具有权威性、故事性、可读性、趣味性的历史故事集成，是一套可携带、可利用、可转化的文化读本。《丛书》分为上、下两编，上编16本，围绕"四廊一线"文化体验廊道、八大文化传承发展片区展开。"四廊一线"构筑的沿黄河、沿大运河、沿齐长城、沿黄渤海、沿胶济铁路的文化交通线纵横交错，相互联系又各具特色，其特点是以脍炙人口的故事形式联通"四廊一线"的人物事迹、重点景区、遗址遗迹等，厚植文化体验廊道的思想内涵和文化底蕴。八大文化传承发展片区，既涵盖了沂蒙、渤海、鲁西、胶东四大红色文化片区，又吸收了泰山文化、儒学文化、齐文化作为重要支撑，演奏出山东历史文化、革命文化、社会主义先进文化的时代交响。下编16本，紧紧围绕各地市优势和特色展开，主要记述本地区历史故事、文化遗址与人文景观、非物质文化遗产等内容，是推动文化廊道落地、推进片区文化建设、增强文化认同、深化文旅体验的重要载体。

《丛书》由山东省委常委、宣传部部长白玉刚统筹谋划和指导，省委宣传部专门组建学术编纂委员会负责具体实施，省直各有关部门和各市委宣传部给予大力支持配合，省内相关高校、研究机构和各市有关单位共 100 余位专家学者积极参与，历经酝酿策划、启动实施、提纲设计、样稿研讨、通稿审稿、编辑出版等六个阶段。2022 年以来，省委、省政府先后印发《关于打造中华优秀传统文化"两创"新标杆行动计划（2022—2025 年）》《关于建设文化体验廊道推动文旅融合高质量发展的实施计划（2023—2025 年）》，全方位挖掘展现山东人文沃土可以深度耕作的比较优势，为《丛书》编纂做好了思想、学术和组织准备。具体编纂过程中，省委宣传部专门印发《关于做好〈丛书〉编纂工作的指导意见》，统一思想认识，作出全面部署。编委会以线上线下形式，多次召开全体会议和分组专题会议，狠抓三个重要工作节点：**一是审定编撰提纲。**通过反复研讨、交流、修改、会审等形式逐一审定编写提纲，最大程度保证全书质量。**二是树立样稿典型。**集中力量撰写、反复研讨修改，确定分类样稿，做好典型导引。**三是全力做好通稿统审。**采用主编初审、各卷主编交流互审、学术专家主审、首席专家终审等层层把关、集中审查、反复修改的方式提高稿件质量。

回顾《丛书》编纂工作，始终注意把握好以下四个方面：**一是坚定文化自信。**通过挖掘历史资料、开发历史资源、恢复历史场景等形式，获取文化营养，坚定文化自信。**二是助推文化自觉。**通过传承弘扬优秀传统文化、红色文化、社会主义先进文化，深入挖掘历史先贤和革命先烈的伟大事迹，推动文化自觉，与培育践行社会主义核心价值观有机结合。**三是落实文**

化"两创"。精选真实历史故事，注重挖掘故事背后的文化内涵，推动齐鲁优秀传统文化在新时代创造性转化和创新性发展，推进文化自信自强。**四是服务文旅融合。**借助故事、景观、遗址、非遗讲解词、短视频等融媒体形式，让广大读者在区域文化旅游、廊道文化体验中感受中华文化的博大精深，增强民族自豪感和自信心。

在内容撰写上注重四个结合：**一是与廊道体验相结合。**突出廊道建设概念，以故事为纬线，以时代发展为轴线，通过富有魅力的故事讲述，展示历史人物、景观、史实，引领读者体验传统文化的恢宏气势和博大精深。**二是与景观建设相结合。**以真实动人的故事为景观建设提供重要的历史资源和文化依据，通过一个个精品景观建设展示历史故事的丰富内涵和当代价值。**三是与文物保护相结合。**通过讲述历史故事，让广大读者进一步了解相关文物、遗址的历史文化价值，提升文物保护意识，推动群众性文物保护工作再上新台阶。**四是与媒体利用相结合。**立足于故事转化，使故事成为各类媒体传播的重要基础、蓝本和素材，成为廊道文化、片区文化讲解、传播的重要学术依据和资料来源。

《丛书》的编纂出版，是普及、传播优秀传统文化，推动文化"两创"的新尝试。衷心希望广大读者通过阅读本书，吸收丰富文化营养，多提宝贵修改意见。

编者

2023 年 8 月

导　语

　　"鲁西"地区的表述始见于抗日战争时期，当时指津浦铁路以西、冀鲁豫和冀南行政区之间的地区。八路军一一五师主力 1938 年底开始进入山东，一一五师三四三旅六八五团于 1938 年 12 月 27 日到达湖西地区，开辟湖西抗日根据地。一一五师师部及三四三旅六八六团于 1939 年 3 月 2 日入鲁，随后创建了鲁西抗日根据地，成立了鲁西行政公署和鲁西军区。3 月 9 日，一一五师三四四旅进入鲁豫边地区，整编为冀鲁豫支队，成立了冀鲁豫军区，在斗争中不断巩固、发展为冀鲁豫抗日根据地。1940 年底，冀鲁豫边区范围扩大到西起平汉路，东至濮县、菏泽、商丘一线；南起陇海路，北至大名、莘县一线。1941 年 7 月，中共中央北方局决定，鲁西区与冀鲁豫区合并，成立新的冀鲁豫区党委、军区和行署。1942 年底，中共中央决定将原属山东根据地的湖西区及豫皖苏水东区划归冀鲁豫边区。1944 年 5 月，原属晋冀豫的冀南区与冀鲁豫区合并，成立了中共中央冀鲁豫分局（通称平原分局）和新的冀鲁豫军区，人口将近两千万，成为敌后最大的抗日根据地。1945 年 10 月，冀南与冀鲁豫两区分开,分别成为晋冀鲁豫战略区的一部分。冀鲁豫边区一直延续到解放战争时期,为新中国的诞生做出了突出贡献。

本书所说的鲁西,为冀鲁豫边区面积最大时控制地区内现属山东省辖区内的地区,包括菏泽、聊城全市,德州的禹城市、齐河县、平原县、夏津县、武城县,泰安的泰山区、岱岳区、肥城市、宁阳县、东平县,济宁的鱼台县、金乡县、嘉祥县、汶上县、梁山县、微山县,济南的长清区、平阴县。

鲁西地区既是华北的南大门,又是华中的北边门户,还是联结华北和华中的战略枢纽。中国共产党创立后不久,即开始在鲁西地区建立地下党组织,领导群众进行抗捐抗税斗争和武装暴动,其间虽几经挫折,但仍播撒了革命火种,积蓄了革命力量,为后来的革命斗争打下了基础。全面抗战爆发后,党领导人民在鲁西地区创建了平原抗日根据地。解放战争时期,鲁西是全国主要战场之一,是刘邓野战军揭开战略进攻序幕、挺进大别山的前进阵地,也是人民解放军同国民党军逐鹿中原的后方基地之一。刘邓野战军和陈粟野战军曾先后在这里取得十次大战役的胜利,为我军转入战略进攻和进行战略决战、赢得解放战争的最后胜利,创造了重要的条件。

梳理鲁西抗日根据地的历史,我们可以发现,鲁西抗日根据地的建立、巩固和发展,有以下几个特点:

一是坚持党的领导,听从党的号召。鲁西地区的革命斗争始终是在中国共产党领导下进行的。有了党中央关于大力开展平原游击战争的决策和指示,有八路军三大主力师之一的一一五师进入本地区，鲁西地区的抗日游击战争才得以顺利开展起来；广州、武汉失守后，因为坚决执行党中央巩固华北的战略方针，鲁西抗日根据地才得到发展和巩固；进入极端困难时期后，全面地贯彻了党的"十大政策"，鲁西抗日根据地才能战胜敌人，渡过难关。鲁西地区党的领导干部牢记党的宗旨，忠于党的事业，冲锋在前，退却在后，吃苦在前，享受在后，与广大党员和人民群众打成一片。无论环境多么艰苦，斗争多么残酷，他们都矢志不移，顽强奋斗，表现出共产党人崇高的革命坚定性和无私的自我牺牲精神，成为广大党员和群众的楷模。这种榜样作用使党组织产生了强大的凝聚力，也使党的方针政策得以坚决贯彻。

二是放手发动群众，充分依靠群众。鲁西地区地处一望无际的黄河冲积平原，缺少山岭沟壑的掩护。这种地理特点更需要发动群众、依靠群众，在平原上建造"人山"，取得掩护和支援。发动群众、动员群众投入持久的抗日战争绝非轻而易举，必须在进行深入的政治动员同时，千方百计地实行民主，改善民生，给群众以实实在在的物质利益，建立和巩固人民政权，改造旧政权。进入解放战争时期，鲁西地区又及时贯彻党的土地改革政策，使广大农民群众从地主阶级的剥削压迫下解放出来，满足了他们获得土地的愿望，从而进一步激发了他们的革命热情，使他们积极参军参战、发展生产、支援战争。这是党领导的人民军队的力量源泉。

三是从实际出发，实事求是。党中央虽然提出要开展平原抗日游击战争，但究竟能否成功地建立巩固的平原抗日根据地，还需要用实践来回答。土地革命战争时期，革命根据地都建立在山区，抗战爆发后，我党最早建立的几块根据地也都分布于山区，这使得八路军缺乏平原作战的经验。在艰苦的斗争实践中，鲁西地区逐步摸索出一些适合平原抗日游击战争的经验：首先，发动群众，大打人民战争，形成抵御敌人的"人山"和淹没敌人的"人海"。其次，改造地形，使敌人的机械化部队难以施展，采取适合平原特点的作战方法，如利用村庄进行村落战，利用青纱帐同敌人周旋；勤于侦察，严密警戒，封锁消息，采取灵活的集中与分散，声东击西，声南走北，经常转移位置；多进行夜战，出敌不意，攻其不备；等等。再次，根据鲁西地处冀鲁豫皖苏五省接合部，日、伪、顽、会、匪交错杂处的特点，灵活掌握斗争策略，利用矛盾，因势利导，拆散他们之间的联合，从而变不利为有利，加强对敌斗争的力量。最后，针对形势的不断变化，在不同阶段适时地进行斗争方针的转变。比如，作战方针，抗战时期我们以游击战为主，解放战争时期则以运动战为主；土地政策，抗战时期实行合理负担、减租减息，解放战争时期则实行土地改革等。

四是团结一致，相互支持。鲁西地区位于五省接合部，干部来自四面八方，团结和统一十分重要。在干部使用上，既注意使用第二次国内革命战争时期的老干部，让他们起骨干带头作用，又放手使用抗战后参加革命的工农干部和知识分子干部，加以培养和锻炼；既依靠本地干部，又不排斥外来干部。如此，各方面的干部都能各得其所，从而正确处理党政军之间、地区与地区之间、外来干部与本地干部之间、新干部与老干部之间、工农干部与知识分子干部之间的关系，形成团结一心、共同对敌的局面。执行党的统一战线政策，搞好党外团结，是壮大革命力量的重要途径。抗战初期，在鲁西北地区，我军与著名抗日英雄范筑先将军合作建立抗日武装，打开了鲁西北地区抗战的局面，成为统一战线的一面旗帜，在全国产生了较大影响。解放战争时期，又进一步发展为跨地区的相互支援。鲁西地区军民除主要支援、配合刘邓大军作战外，还配合中原突围部队挫败了敌人的围攻，大力支援陈粟野战军作战，东援济南，南援淮海，北援平津，为战略决战的胜利做出了贡献。后来又全力支援渡江作战，并先后抽调上万名中高级干部支援东北、西南等新解放区，迎接全国的解放。

重温历史有助于我们更深刻地理解现实，获得规律性的认识，把握前进的基本途径和基本方向。鲁西共产党和人民群众"党群同心、生死与共，军民相依、浴血奋斗，永葆初心、无私奉献"，这是我们今天必须要继承、发扬的光荣传统。本书围绕这一主题，进行谋篇布局、钩沉取舍，通过一个个可歌可泣、荡气回肠的红色故事，再现鲁西革命的峥嵘岁月，从而传承红色基因，赓续红色血脉，为新时期文化建设和民族复兴提供精神力量。

目　录

一

"中国产生了共产党，这是开天辟地的大事变。"中国共产党的建立，在中国大地播下了革命的火种，并以星火燎原之势，迅速蔓延开来，唤醒了"三座大山"压迫下的穷苦百姓。鲁西人民在中国共产党的火炬照耀下，开始接受马克思主义的思想启蒙，逐步走上寻求光明、自我解放的道路。鲁西早期党的组织，从无到有，从少到多，从小到大，从弱到强，组织带领广大民众，不断发起艰难曲折的顽强抗争。1938年，根据党中央到山东开辟抗日革命根据地的指示，八路军一二九师、一一五师等主力先后挺进鲁西，与地方党组织紧密结合，广泛发动人民群众，紧紧依靠人民群众，经过艰苦卓绝的浴血奋战，一步步发展壮大了抗日革命根据地，在鲁西大地铸就巍巍丰碑。

（一）星星之火遍鲁西

　　能给人光明的，一定有"火"！国内革命战争时期，一些共产党人因为"相信"，所以"看见"，以知识分子的觉醒，在风雨如磐的黑暗中，敏锐地洞察到一丝"星火"的光明。为了心中的希望和追求，怀着对"成功"的信仰与忠诚，不管付出多么巨大的牺牲，不管前方是怎样的腥风血雨，他们毅然踏着信仰的鲜血，勇敢而坚定地前行。

1. 星火之"星"

1924 年，齐河县安头乡后里仁庄曾经点燃鲁西第一颗微弱的星火之"星"，照亮了民众觉醒的眼睛，映红了奔流不息的徒骇河。

这个播火人叫贾乃庸，1900 年 6 月出生，二十岁时考入济南省立商业专门学校。那时的中国内忧外患，民不聊生。五四运动点燃了许多青年知识分子的爱国热情，贾乃庸深受新文化思潮的影响。在济南齐鲁书社，他结识了中共一大代表、山东省早期党的领导人王尽美和邓恩铭等人，并成为励新学会、济南共产主义小组、济南马克思学说研究会的骨干成员。1922年，贾乃庸加入中国共产党，从此走上革命道路。

1922 年 8 月 24 日，贾乃庸参加了邓中夏领导的长辛店铁路工人大罢工，作为平绥铁路工人代表参加了段祺瑞政府门前请愿示威活动。次年，他任山东社会主义青年团委员长，代表山东团组织出席了在南京召开的社会主义青年团第二次全国代表大会。会后，他参与了组织山东铁路工会、山东纺织工会、山东理发工会的工作。

1924 年春，贾乃庸返回齐河发展党员，在本村李茂善家的东屋，为贾乃俄、曹清年秘密举行了入党仪式，成立了后里仁庄党支部，直属中共济南地方执行委员会领导。不久，在其影响下，附近刘连屯村也建立了党支部。从此，鲁西第一面党旗高高飘扬，革命火种开始以星火燎原之势在鲁西乃至全省燃烧蔓延，呼唤着民众的觉醒，引领更多的人参加革命、走向光明。

仅有三名党员的后里仁庄党支部建立后，在当地组织了抗捐抗税、拉神扒庙、剪辫子、放足等运动，并与齐河刘桥朱锡耿发起的农民运动相互支持，与禹城李宗鲁支部遥相呼应，在沉寂的大地掀起了一轮革命高潮。

这一时期，军阀张宗昌督鲁。他穷兵黩武，横征暴敛，祸鲁殃民。农村连年灾荒，挣扎在死亡线上的贫苦农民有着缴不完的租、纳不完的税，怨声载道，苦不堪言。贾乃庸领导党支部组织开展"反讨赤捐"运动，散发传单，号召农民反剥削反压迫，拒绝交粮纳税。最终，反动军阀政府没能征收去一粒粮食。

1927 年，随着第一次国共合作破裂，国民党反动派大肆捕杀共产党人，党组织被迫转入地下。后里仁庄党支部寻找上级党组织的信件，不幸被反动当局截获。贾乃庸被捕入狱，在济南受尽酷刑折磨后，被判处决。

在游行示众的路上，贾乃庸高喊："我是齐河后里仁庄的贾乃庸，我为革命而死，死得其所！齐河的老乡给我家里捎个信，来给我收尸！"

恰巧，在济南经商的齐河老乡郝玉章听到了，于是上下打点，将他保释出狱。

当时，血腥的恐怖笼罩着神州大地，中共山东省委和一些地方党组织连遭破坏。在这种恶劣形势下，贾乃庸与党组织失去了联系，后里仁庄党支部停止了革命活动。

后里仁庄党支部只存在了两年多，星星之火暂时黯淡，但并未因此而熄灭。

20世纪30年代中期，齐河乡师的进步师生曾经搞起一场颇有影响的学潮，共产党人在其中发挥了重要作用。抗战时期，共产党人又组织百姓与国民党爱国将领范筑先一起，不断反抗日本侵略者。

1939年5月，中共齐河县委成立，孙靖州成为第一任县委书记。这时的齐河没有党支部，全县几十名党员多是单线联系，个别地方还保留有党小组。

艰苦环境下，齐河县的党组织根据实际情况不断调整，先后出现了河西工委、河西县委、长清县委、齐禹县委、齐济工委、齐济县委、齐临县委等党的组织。这些组织不断努力，发

齐河县后里仁庄党史学习教育基地（大众报业供图）

展了大量党员，并先后组织了几支抗日武装力量，领导人民反抗侵略者，中共力量不断发展壮大。

到 1945 年 12 月，齐河全县已有党员 2081 人、党支部 248 个，星星之火复燃燎原。经过二十四年艰苦斗争，1948 年 8 月，齐河全县彻底解放。

后里仁庄党支部是鲁西第一个党支部，也是山东省建立最早的农村党支部。贾乃庸播下的星火之"星"，带领齐河人民走出暗夜，走向光明，走进了一个崭新的时代。

2. 坡里暴动

阳谷县定水镇坡里村有一座青砖灰墙的教堂，两扇年代久远的黑漆铁皮木门上，斑驳的弹孔清晰可见。1928 年发生在这里的一场暴动，犹如划破夜空的一道闪电，让黑暗中的人们看见了光明。

20 世纪 20 年代末，鲁西处于军阀统治之下，政局混乱，土杂武装四起，战乱不休。军阀和土匪相互勾结，拉兵派款，烧杀抢掠，横征暴敛，巧取豪夺，致使经济凋敝。水、旱、蝗、瘟等自然灾害导致地无收成，疾病肆虐，劳苦群众颠沛流离，无以为生，陷于水深火热之中。尖锐的阶级矛盾使鲁西人民反抗军阀统治的斗争不断发生，阳谷县更是如火如荼。

坡里教堂由德国天主教传教士经营，他们拥有几十支洋枪和弹药，豢养打手，勾结官府，无恶不作。附近的地主豪绅投靠洋人，为虎作伥，横行霸道，欺压百姓，贫苦民众对其深恶痛绝。

1926 年 2 月，中共中央提出要将农民运动和革命战争、夺取政权结合起来。为此，党组织派遣一大批北方籍党员回到本省开展工作。聊城籍党员王寅生、赵以政、聂子政等回到济南。同年秋，王寅生介绍杨耕心、朱华亭等加入了中国共产党。寒假期间，杨耕心将革命火种带到家乡，成立了阳谷县第一个基层党组织——中共九都杨支部。

南昌起义枪响之后，中共东昌县委决定在坡里发动农民，举行武装暴动。当时，坡里一带活动着韩建德领导的一支绿林武装，杨耕心将其争取为暴动的骨干力量。1927 年 11 月，杨耕心多次带韩建德与县委书记张干民、县委委员聂子政等会面，商议暴动计划。

1928 年 1 月 14 日傍晚，暴动队伍召开战前动员会议。聂子政讲解了全国的革命形势，强调劳苦大众只有在中国共产党领导下拿起枪杆子，建立人民政权，才能走上光明大道。

聂子政问："有没有决心？"

"有！"大家齐声答道。

随后，韩建德带领先锋队，扮作参加晚祷的教徒进入大礼堂。正做晚祷的主教及教徒被突如其来的枪声和"缴枪不杀"的喊声吓得纷纷躲藏。随着三声信号枪响，潜伏在坡里村北徒骇河湾的聂子政率领大部队飞奔而来，迅速占领教堂，将护院、打手、教徒共二三百人全部集中控制起来。起义人员从地道和夹壁墙里搜出主教、修女六人，缴获步枪四五十支、手枪十余支、子弹两万余发、银圆两万七千余元、粮食数千担及其他大批物资。

坡里暴动的枪声震惊了反动统治阶级。东昌道尹陆春元闻讯大惊失色，连忙调集军警及地方民团四五千人包围了教堂。双方对峙二十余天，铁皮木门上布满了密集的弹孔。

陆春元见久攻不下，遂向山东督军张宗昌求救。张宗昌派出一支配有钢炮、迫击炮、机关枪等武器的两千人队伍赶赴坡里。交战中，暴动队伍虽然英勇顽强，但因敌我力量过于悬殊，被迫突围撤出教堂，转移至冠县以西一带打游击，后在军阀部队围追堵截下，弹尽粮绝，只好化整为零，转入地下。轰轰烈烈的坡里暴动失败了。

平地一声惊雷起，星星之火始燎原。坡里暴动作为全国武装革命的重要组成部分，打响了鲁西大地武装起义的第一枪，播下了唤起鲁西人民觉醒的第一颗火种，为鲁西地区后来革命

阳谷坡里暴动攻占的德国天主教堂

斗争和抗日战争的发展打下了良好基础，在鲁西大地上树立起一面鲜艳的旗帜，写下了光辉的一页。

3. 信仰之血

聊城公园东南角的一片绿荫中，坐落着革命烈士赵以政墓。他是聊城第一个为革命牺牲的共产党员，被害时年仅二十四岁。

赵以政（1904年—1928年），聊城城关姚园子街人，1925年加入中国共产党，曾任鲁西县委委员、代理书记，1928年6月19日牺牲于聊城南关。

这是赵以政的墓志铭。短短几十个字背后，是一个年轻的钢铁英雄不平凡的经历。

赵以政家境富裕，十九岁考入山东省立第二中学。当时军阀混战，民不聊生，赵以政在《新青年》等进步刊物的启发下，思想觉悟大大提高。1925年秋，他南下广东，进入黄埔军校第四期学习，聆听了共产党人萧楚女、恽代英的授课。军校毕业后，他参加了国民革命军第二次东征战役，后又到江西北伐军工作。1926年，他在北伐途中加入了中国共产党。

1927年，汪精卫发动七一五反革命政变后不久，赵以政在武汉遭到反革命势力关押。经过不懈斗争，他恢复了自由，并以军委特派员的身份，于1927年8月回到山东聊城，开展党的工作。

10 月，鲁西北地区第一个中国共产党的组织——中共东昌县委在赵以政家中成立。1928 年 1 月 14 日，他参加了阳谷坡里农民武装暴动，后因叛徒出卖被捕。

赵以政被关押在聊城"鲁西剿匪司令部"。敌人先是威逼利诱，要求他交出组织关系和党员名单，并许以恢复自由和高官厚禄，遭到赵以政严词拒绝。敌人对他施以酷刑，皮鞭抽，棍棒打，蜡烛烧，赵以政被打得皮开肉绽，但他回答敌人的话始终只有一句："爱国无罪，革命无辜。"他把手指刺出鲜血，在监狱的砖墙上写下一首五言绝命诗：

爱国本无罪，革命更无辜。
死刑何所惧，我径向天呼！

赵以政自知必死，对前来送饭的四弟赵以彭说："要劝慰父母，不要为我难过。告诉你嫂子，好好抚养孩子，将来继承我未能实现的革命遗志，我就含笑瞑目了！"

1928 年 6 月 19 日凌晨，赵以政在聊城南门外被敌人杀害。临刑前，他向北边磕了个头，说愿爹娘保重。

刽子手要他跪下，他对敌人怒目而视。枪响了，赵以政应声倒地，全身溅满鲜血。

突然，他从血泊中坐起来大喊："共产党人不该死！"敌人瑟瑟发抖，第二次向他开枪射击。

1928 年，革命处于最低潮时期，鲁西大地笼罩在血雨腥风之中。很多像赵以政一样的早期革命者为了唤醒民众，在鲁西大地播撒着革命的火种。他们还没有看到黎明的曙光，就永远倒在了黑暗之中。为了信仰，他们洒下了最后一滴青春的热血。

请记住他们的名字吧.

王凤岐，德州刘辛庄人，1926 年入党，1931 年 4 月 5 日牺牲，二十岁。

孔庆嘉，曹县孔道口村人，1926 年入党，1931 年 4 月 5 日牺牲，二十五岁。

宋占一，聊城小张庄村人，1927 年入党，1931 年 4 月 5 日牺牲，二十五岁。

任守钧，曹县城里南大街人，1929 年入党，1931 年 4 月 5 日牺牲，二十一岁。

田位东，菏泽城南关三里庄人，1927 年入党，1932 年 8 月 3 日牺牲，二十六岁。

郑尔拙，曹县郑庄村人，1927 年入党，1936 年 2 月病逝，三十岁。

…………

郑尔拙临终前留下了最后一句话："我不行了，不能亲眼看到革命胜利那一天了。但我相信，革命一定会成功的！"

真正的英雄是在黑暗中洞察一丝微光，并义无反顾前行的人。

这些早期的革命者大多家境富裕，接受过良好的教育，是最早觉悟的知识分子。他们有的参加过五四运动，有的参加了北伐战争，后受党的派遣，返回家乡开展革命斗争，在这块土地上点燃了革命的星火，并用生命和热血捍卫了自己的信仰。

在鲁西革命的早期，究竟有多少革命者为创建党组织、领导革命斗争而献出了年轻的生命，也许今天我们已难以精确统计。一大批革命者前赴后继，英勇牺牲。他们点燃了革命的星火，却没有看到星火燃遍中华大地，没有听到胜利的欢呼。但他们心中始终坚信，星火可以燎原，革命必定胜利。他们的革命活动为鲁西抗日根据地的建立打下了坚实的基础，他们追随的信仰已在一代代共产党人心中接续传递。

革命者的信仰之血染红了新中国的红旗。

4. "0 + 0 = ？"

"0 + 0 = ？"这道连小学生都能脱口而答的问题，却曾难倒过一批追求革命理想的热血青年。它的出题人高文甫就是用此信仰之问，播下了单县共产党组织建设的第一粒"火种"。

1927 年四一二反革命政变后，全国六万多名党员一度锐减到一万多，革命遭受严重挫折，转入低潮。第五次反"围剿"失败，中央红军主力被迫退出苏区，突围转移，开始长征。全国一片血雨腥风，黑云压顶。

彼时，湖西大地兵燹匪患、官府敲诈、地主盘剥，陷入无边黑暗，永夜难明。单县人民身处水深火热之中，茫然无助，渴望闹翻身、求解放的心情犹如寒冬腊月盼春风一样迫切。可是，抬头望北斗，路在何方？

有的人因为"看见"才"相信"，有的人则因为"相信"

才"看见"。高文甫无疑属于后者。他以知识分子的敏锐和对信仰的坚定,在茫茫黑夜中"看见"了一丝微弱之光,并义无反顾地向着光亮前行。1934年,在湖西革命最低潮的时候,"国语教师"高文甫从济南来到了单县中学。

一天,高文甫在黑板上挥笔写下一道算式:"0＋0＝?"

学生一看,忍不住笑了,异口同声地说:"零加零不还是等于零吗?"

高文甫摇摇头,说:"你们的回答,从数学概念来说当然是对的,要是把革命的失败比喻成'零'呢?"他转身在等号后面写出三个遒劲有力的大字:"大成功!"

同学们疑惑了。高文甫解释道:"从社会革命的观点来说,在某种意义上零加零不等于零,而等于成功。比方说,孙中山领导国民革命,第一次失败等于零,第二次又失败,不是零加零吗?可是武昌起义推翻了清王朝,建立了民国政府,不是成功吗?"

他随之话锋一转:"失败是成功之母。革命总是曲折的,免不了有挫折和失败。中国历代的革命由于反映了广大群众的愿望,代表了正义和进步,尽管一次次失败,但是一次次总结教训和斗争经验,最后都找到了通往胜利的坦途。共产党领导的中国革命不正是从无到有,从小到大,从失败一步步向胜利发展吗?只要意志坚定,执着追求,注意总结失败的教训,革命总会成功的!"

形象贴切的比喻,由浅入深的分析,打开了同学们的心窗,他们豁然开朗,明白了"失败—斗争—再失败—再斗争,直至最后胜利"的革命发展规律。张子敬、王存典、吴立本等一些进步青年与他接触越来越多,感情也越来越深。

时隔不久,张子敬把在学校组织"义愤团"同反动势力斗争的事告诉了高文甫。高文甫表示敬佩和赞扬,并说:"当前日本帝国主义侵占我东北三省,蒋介石采取'绝对不抵抗政策'。大敌当前,国难当头,抗日救国是民族大义,'义愤团'前面应加上'抗日'二字,这样就名正言顺了。"在他的指导下,斗争目标更加明确,学潮闹得更凶了。

高文甫支持进步学生的行动,引起了学校当局的注意,决定不再聘其任教。一个秋夜,高文甫把张子敬、王存典约到人迹罕至的武圣庙,举行了简单而庄严的入党仪式,并宣布单县第一个党支部——单县中学党支部成立。高文甫要求二人严格履行党的章程,遵守党的纪律,保守党的秘密,定期过组织生活。

寒假结束时,高文甫离开单县。临行前,他语重心长地叮嘱张、王二人:"你们已经毕业了,一个家在城西北,一个家在城东南,单城的东西南北都是你们的家乡。不管今后有任何困难艰险,都要坚定地做好党的工作,完成党交给的任务。""只要我们继续努力,单县点燃的星星之火就能燎原!"

革命的种子开始在这块土地上生根,发芽,结果。张子敬回到家乡,以教学为掩护积极开展党的地下活动。到1936年春,他发展了七名党员,成立了单县农村第一个党支部——张寨党支部。从此,湖西大地党的建设迅猛发展,一发而不可收。抗战时期,湖西地区党员人数由千人左右猛增到近万人,建立起

单县红色湖西教育基地高文甫讲课的场景塑像

人民政权，创建了湖西抗日根据地。张寨一带逐渐发展成为单县的革命基地和湖西抗日的堡垒中心。

高文甫在黑暗幽深的低谷里"看见"的那一丝光明，终于燃成了熊熊烈火。

"0＋0＝？"一如星星之火最初的火星，吸收着人间正义的氧气，由一粒微弱的火种，一点点旺盛成火苗，壮大成火团，铺展成火海，烧掉一个灾难深重、水深火热的旧中国，铸造了一个姹紫嫣红、气象万千的新世界……

（二）天上掉下八路军

七七事变爆发后，日军铁蹄踏进齐鲁大地。水深火热中的鲁西人民饱受蹂躏践踏，挣扎在死亡边缘，盼星星盼月亮，如寒冬腊月盼春风。谁能救民于水火？谁能举起抗日救亡的大旗？1938年11月，毛泽东在中共六届六中全会上做出战略决策：派兵去山东！从此，八路军主力东出太行，挥戈入鲁，带领鲁西人民掀开了抗日斗争波澜壮阔的一页。

1. 进入山东第一仗

1939年3月2日，春寒料峭。中共郓城中心县委书记梁仞仟一行几人步履匆匆，赶往一一五师师部驻地状元张楼。

七七事变后，韩复榘稍战即退，日军很快进占山东。鲁西地区的伪军与日军沆瀣一气，横征暴敛；杂牌军队割据一方，催粮要钱；土匪则趁乱而起，绑票拉人。伪、顽、杂、匪各占各的地盘，各划各的范围，烧杀抢掠，致使鲁西大地生灵涂炭、民不聊生。鲁西群众一手拿着锄头，一手拿起武器，抗击日伪顽杂和土匪，艰难度日。老百姓日夜盼望着能有一支为民做主、真正抗日的队伍。

1939年初，八路军一一五师在代师长陈光和政委罗荣桓的率领下，挺进山东，于3月2日进驻郓城。

鲁西人民终于盼来了救星。

梁仞仟向陈光和罗荣桓介绍了郓城的斗争形势。伪县长刘本功派驻郓城西北樊坝村的刘玉胜部无恶不作，当地人恨之入骨，各界人士希望八路军狠狠打击。

为解群众倒悬之苦，扩大共产党、八路军的影响，陈光、罗荣桓决定拔掉樊坝日伪据点，作为送给山东父老乡亲的"见面礼"。

樊坝据点驻伪军　个团，五百余人。前、后樊坝两村有交通沟相连。伪团长刘玉胜率主力驻守前樊坝，后樊坝和前樊坝南约三里的团柳树村各驻一个连。前樊坝构筑围墙壕沟，围墙四角修有炮楼，警戒森严，易守难攻。

一一五师六八六团接受了作战任务。当时，八路军经过长途行军，还未休整，十分疲倦。部队过去始终在山区作战，缺乏平原战斗的经验，加之刚入山东，情况不熟，因此对能否取胜，颇有担心。团长兼政委杨勇召开动员会议，亲率营连干部察看地形，研究作战方案。

3月4日，部队到达高庄，杨勇做战前总动员：

"为救民于水火，创建根据地，扩大八路军的影响，我们必须打好进入山东的第一仗。六八六团是主力部队，什么叫主力？主力就是别人攻不下的，我们能攻得下！别人守不住的，我们能守得住！越是在艰难、困苦的条件下，越能打胜仗！过去，六八六团在山西打出了威风，今天，六八六团在山东也要打出威风。要让山东的敌人一听到六八六团的名字就头疼，就心惊胆战！"

全体指战员精神振奋，斗志昂扬。

当天是正月十四，元宵节前，樊坝村正唱古戏。伪军并不知道八路军已到郓城，刘玉胜高枕而卧，不知末日将到。

黄昏时分，八路军部队占领樊坝村西大堤，活捉伪军哨兵，让其带路沿交通沟摸进后樊坝，同时包围团柳树。

战前侦察得知，前樊坝守敌每晚两次将护寨河上的吊桥板放下，出寨巡逻。八路军决定在吊桥板放下时，乘敌不备，随其入寨。三营十连善于晚上作战，此次打头阵。吊桥刚放下，十连三排在前，一排、二排在后立刻冲了上去。寨中敌人发觉，慌忙拉起吊桥，关闭寨门。三排一个班被卡在里边，战士在门洞里同敌军激战，最后仅剩五六个人。

情况突变。杨勇立即调整作战方案，迅速攻打后樊坝。一阵手榴弹攻势过后，敌人还未来得及还枪，已全军被歼。部队乘胜迅速将前樊坝包围。晚11点左右，一营突击队在村南部炸开缺口，部队突入村内。但敌人炮楼侧射火力凶猛，冲击受阻。此时在村西大堤上的我军迫击炮集中全力猛烈轰击，打掉炮楼上的射击点。在炮火掩护下，三营十连架设云梯首先登上敌人围墙。经过八个小时的激烈战斗，第二日拂晓，我军攻占前樊坝伪据点。

团柳树伪军慑于我军威力，主动缴枪投降。

天微亮，刘本功组织伪军从县城杀出来。过潘溪渡村时，被我伏击连队打得抱头鼠窜，逃回县城。

刘玉胜见大势已去，化装成村民，企图逃走，正好被杨勇

冀鲁豫边区革命纪念馆内一一五师进入山东的塑像

和警卫员撞上，被合力生擒。

樊坝战斗毙伤伪军两百余人，活捉伪团长刘玉胜以下官兵三百多人，获小炮一门、轻机枪十三挺、步枪四百余支、战马十余匹、自行车四十余辆，解救村干部二十多人、被抢妇女三十余人。八路军伤亡十六人。

一一五师入鲁首战告捷，如夜空中的一道闪电，照亮了鲁西地区的黑夜，不仅沉重打击了鲁西日伪军的嚣张气焰，震慑了鱼肉百姓的各种杂牌军队，也使广大群众看到了希望、找到了方向，成为创建鲁西抗日根据地的"奠基礼"。

"平型关打日本的军队来了！""老百姓的队伍来了！"这一喜讯在鲁西平原上迅速传播开来，鲁西的抗日斗争进入了新的发展阶段。

2.陆房战斗显神威

1939年3月，八路军一一五师代师长陈光、政委罗荣桓率师部机关、直属部队及六八六团等三千余人组成的东进支队进入山东。4月，东进支队与津浦支队、山东第六纵队会合，在泰西地区进行十多次战斗，连战皆捷，给敌人以重创，迅速打开了鲁西的抗战局面，引起日军极大恐慌。

5月初，日军第十二军司令官尾高龟藏调集八千余名日伪军，配汽车一百余辆、火炮一百余门，分九路围攻泰西抗日根据地，妄图一举消灭八路军主力。

一一五师决定向东平地区转移，到敌后开展游击战争。

5月9日，日伪军向肥城与宁阳之间的山区推进。陈光发现敌人包围圈已紧缩，紧急与八路军山东纵队第六支队队长段君毅商量转移。深夜，六支队三团突出重围，六支队七团，师教导大队与师供给部、卫生部各一部也转至津浦铁路以东。而陈光率领一一五师师部与六八六团遭到日军阻击。10日，陈光召开紧急会议，基于汶河南岸有敌情，为避免在平原地带与敌遭遇，决定停止南进，即刻向肥城以北的大峰山转移。

谁料敌人估计到一一五师可能会赴大峰山，已在路上埋伏重兵，而且是清一色的日军。

11日凌晨3时左右，前卫部队在牛家庄遭到日军炮火阻击，转移部队被迫向陆房村撤退。至上午9时，一一五师师部、鲁西区党委、津浦支队及泰西地委、六八六团等机关、部队三千多人被围在陆房。

陆房是一块不足十平方公里的狭小盆地，四面环山，只有东南有一个缺口。而陆房村距尾高龟藏指挥部驻地演马庄仅十公里。

形势危急。一一五师是历经井冈山五次反"围剿"、二万五千里长征以及平型关大捷的主力部队，不仅作战经验丰富，而且战斗力强，面对绝境更激起了斗志。陈光果断下令抢占陆房周围制高点，保证师部和地方党委机关的安全。

日军借助飞机、炮火掩护，向我方阵地发起全线进攻。我军凭险据守，六八六团二营在陆房西北黄土岭村、肥猪山北部，一营在肥猪山中南部及岈山西部，津浦支队在陆房以北的凤凰山，师特务营在陆房东北的东山岭，沉着应战，连续击退多轮冲锋，阻敌于山下。

15时许，日军调整部署，集结兵力主攻肥猪山、岈山制高点，六八六团指战员居高临下，猛冲猛打，与日军短兵相接，打退敌人多轮进攻。日军一度突破六八六团与津浦支队的接合部，逼近师部隐蔽地陆房村。津浦支队支队长孙继先带支队一个连与师警卫连、泰西独立团，与肥城地方武装密切协同，跟日军展开肉搏战，打退日军。

各部自拂晓战斗打响后一直滴水未进，但指战员都斗志高昂。

黄昏，日军停止攻击，收缩兵力，在各道路口点起篝火，重兵把守，等待天明收网。

罗荣桓来电称东平县龙崮一带没有敌情，可以向南突围。

陈光认为日军畏怯夜战不敢贸然行动，决定抓紧时间分路向西南突围。陈光派出警戒小分队到日伪军封锁线迷惑敌人，骚扰其夜间休整，其余部队先行收拢，埋藏笨重物资，安置伤员，将发生碰撞易出响声的物资垫上草团捆绑，骑兵则用棉布包裹马蹄，避开大路，绕道突围。

一路险象环生。日军点燃的火堆就在附近，就连日本哨兵喊话声都清晰可闻，时有日军骑兵擦着我方部队急驰而过。我军则就地趴下，屏住呼吸，凭借起伏的麦浪隐匿身影。

12日拂晓，一一五师渡过汶河到达东平以东，与罗荣桓会合，津浦支队、泰西地委也都安全转移到汶河南岸。近三千名八路军指战员以及地方干部从日军眼皮底下全身而退。

12日清晨，日军以猛烈炮火发动攻击，未遇到任何抵抗，一直打到陆房村内，才发现八路军早已不知去向。尾高龟藏百思不得其解，哀叹合围计划破产。

肥城市陆房突围胜利纪念馆

陆房战斗以伤亡二百余人的代价毙伤日伪军一千三百余人。这是八路军主力部队入鲁后，第一次以劣势兵力和装备战胜日军合围的大规模作战，也是山东八路军抗战期间歼灭日军最多的一次，再创八路军战史上以少胜多的光辉战例。

陆房战斗极大增强了鲁西军民抗战必胜的信念，一时间各地出现父送子、妻送郎、兄弟相争上战场的参军热潮。同时八路军也通过陆房战斗为建立山东敌后抗日根据地奠定了基础。

3. 苏鲁豫支队战湖西

1938 年 12 月初，为创建湖西抗日根据地，打通华北与华中的联系，八路军一一五师三四三旅六八五团组建苏鲁豫支队（简称"苏支"），彭明治为支队长，吴文玉为政治委员，共一千七百余人。12 月 9 日，苏支从晋东南出发东进。

湖西地区位于微山湖以西，处于几个县日军"治安"范围的交叉地带，日伪军"扫荡"频繁，亲日势力、地方反动势力非常猖獗。1938 年 12 月 11 日，伪军王献臣部进攻丰县第二区。苏鲁人民抗日义勇队第二总队队长李贞乾的二弟李坤若（二区区长）、四弟李秉公等十多人壮烈牺牲。日伪军割下李坤若的头悬挂在常店寨门上示众，惨不忍睹。16 日，王献臣率部袭击第三区，激战几天后，三区中队退到金乡附近。27 日，王献臣继续进犯第四区，实行"三光"政策，惨无人道地烧杀抢掠。

危急时刻，12 月 27 日，苏支到达湖西地区，立即组织东进以来的第一次战斗，严惩王献臣部。

29日早晨5点，苏支第一大队向盘踞在崔庄、韩庄的敌人发起进攻，第三大队扑向李双庙、褚庄、汪楼。狂妄自大的王献臣正陶醉在"胜利"中，做梦也没想到被八路军正规军包围。汉奸团长马世芬被当场击毙，李保田团被击溃，赵正轼团大部被歼，王献臣腿中三弹，逃回丰县县城。战斗仅用两个小时，即将王献臣部和马世芬团歼灭，毙伤俘官兵八百多人，缴获步枪一千多支、轻机枪三十余挺。丰县日军三百余人出动增援，苏支二大队将其击退，毙伤敌数十人，击毁汽车一辆，缴获轻机枪两挺、步枪三十余支。

　　苏支首战告捷，声威大震，群众奔走相告："正愁日子难熬过，天上掉下八路军！"

　　王献臣部被打残后，伪军金啸虎部、籍兴科部还在危害着湖西。1939年初，苏支扫清王献臣残部后急转沛北，向金啸虎部主力连连发起进攻，歼敌千余人，将其残部赶到沛县以南，同时对籍兴科部造成"兵临城下"之势。苏支四大队政委郭影秋深入敌营，同籍兴科谈判。籍兴科率部三千多人起义，被改编为苏支独立大队。

　　经过两个多月的战斗，湖西敌我态势和力量对比发生了重大变化，湖西的抗日局势得到扭转。苏支纪律严明，爱护百姓，群众称赞"自古以来没见过这样好的军队"，踊跃参军。东进三个月，苏支扩大到五个大队、九千多人。

　　苏支的迅速壮大，直接威胁着日军陇海铁路的安全。1939年3月，徐州日伪军四千多人"扫荡"湖西。苏支三大队在谷亭镇南与日伪军六百余人遭遇，一场激战，毙伤敌二百多人。

苏支其他大队跳到外线灵活作战，敌人屡次受挫，到处扑空，"扫荡"失败。趁敌人退却之时，苏支采取敌疲我打、远距离奔袭的游击战术，袭击敌人二十多次，大股伪军被歼灭，小股伪军瓦解或投诚。日伪军"扫荡"铜北沛南时，四大队在铜北马坡给敌人迎头痛击，击毁坦克、汽车数辆，毙伤敌一百多人，取得了反"扫荡"的胜利。接着，在鱼台县向伪县长朱启森部发起进攻，将朱活捉。

7月1日，鱼台县抗日民主政府成立，这是苏鲁豫边区第一个抗口民主政府。

日伪军不甘心失败，9月19日，继续向郭里集、南阳镇一带"扫荡"。苏支四大队与敌人交火，且战且走，将敌人引至薄梁附近寨子山的我军伏击地，毙敌二百多人后，撤到南阳镇。第二天，日伪军一千多人扑向南阳镇。苏支四大队"钢八连"在南阳镇北设下埋伏，战斗仅十几分钟，毙伤日伪军二百多人。当晚，苏支四大队全部转移到谷亭镇，敌人的"扫荡"再次失败。从此，湖东湖西连成了一片，抗日游击根据地迅速扩大。

鱼台县的杆子会发生暴动，暴徒"清剿"了鱼台县委组织部部长赵芳洲、赵紫生的家，焚烧了湖边游击四大队大队长聂峨亭及其近族的院落，并同日军一百多人逼近苏鲁豫区党委机关。紧要关头，梁兴初带领苏支四大队协同鱼台县抗日民主政府县长李贞乾击退日军，驱散杆子会。接着，苏支四大队向鱼台县二区杆子会顽固据点张油坊发起进攻。杆子会头目张绍祺请来十余名"神枪手"负隅顽抗，终被苏支击破，张绍祺被枪决，杆子会暴乱平息。趁此机会，鱼台县委组建了区党政机构及区中队。

1940年初，日军山泽大队由金乡以南东进"扫荡"罗屯、清河涯地区，苏支先在罗屯阻击敌人，毙伤日伪军六十多人，又在万福河桥头，利用两岸河堤，同敌人激战。日军山泽大队经苏支多次打击，兵力折损大半，不敢再向湖西军民进犯。

此时，盘踞在羊山集的伪金乡、济宁、鱼台、嘉祥、巨野五县联防团，频频制造反共摩擦。4月8日，苏支联合地方武装对五县联防团发起进攻，歼敌四百多人，缴枪两百多支，活捉顽军六大头目，乘势建立起五县边工委和五县边总动员委员会，一举稳定了湖西地区的形势。

一年多的时间，苏支在湖西地区进行大小战斗七十余次，毙伤日军一千四百多人、伪军一万二千多人，缴获长短枪

苏鲁豫支队骑兵营之一部合影

二千二百余支、轻重机枪六十余挺、大小炮十余门，击毁汽车五十多辆、坦克五辆，拔掉日伪据点二十余处，队伍发展到近万人，建立起湖西抗日根据地，沟通了华中与华北两大战略区的联系。

1940 年 5 月 5 日，苏支奉命南下开辟华中抗日根据地。

4. 小安山会议定乾坤

1939 年 8 月中句的一天，梁山脚下的小安山村夏蝉聒噪，酷热难耐。村头一座院落里，高大的槐树下，一群穿着土布衣和灰军装的人正大声地争论着。

"打游击和建根据地可不一样。这里兵多民贫，日军、伪军、中央军、红枪会、民团都抢地盘，部队的给养不好筹，兵源也是问题……"

"那可不一定，只要群众认可，这些都不成问题。这半个多月，我们就扩充了两千多人了！" 8 月 2 日，一一五师在梁山附近的独山设伏，围歼日伪军三百余人，创造了八路军在平原地区敌我兵力相等而装备低劣的条件下，全歼日军一个大队的模范战例。一一五师在鲁西的影响迅速扩大，群众抗日热情高涨，踊跃参军。独立旅参加伏击的同志讲起来，无比自豪。

"根据地大部分都在山区，平原无险可依。日军有飞机、汽车、坦克，打起仗来，我们哪里隐蔽？" 有人忧心忡忡。

"我们有群众，有青纱帐，这不转了好几天，日军到底也没找到我们嘛！" 梁山战斗后，日军集中五千余人进行报复性

"扫荡"。一一五师独立旅在青纱帐中与敌周旋一周之久，粉碎了敌人的"扫荡"。

主持会议的是鲁西区党委书记张霖之。戴副眼镜、穿一身旧军装的，是八路军一一五师政委罗荣桓。

罗荣桓一直静静地听着大家的争论。

1938年9月，中国共产党在延安举行六届六中全会，毛泽东审时度势，做出了"派兵去山东"的战略决策。9月27日起，八路军一一五师先头部队进入山东。12月19日，罗荣桓和代师长陈光率一一五师主力组成的东进支队挺进山东。1939年3月4日，杨勇率六八六团在郓城樊坝打了个漂亮的歼灭战，给山东父老送上了一份"见面礼"，极大地鼓舞了山东人民的抗战热情。3月12日，东进支队在东平夏谢村召开会议，罗荣桓提出了坚持敌后游击战争、创建根据地的任务。

但平原如何打游击？平原根据地如何创建？在山区打了十几年仗的罗荣桓和远在延安的毛泽东一样，心中没有底儿。毛泽东在《抗日游击战争的战略问题》中指出："至于能否在平原地区建立长期支持的根据地，这一点现在还没有证明……中国有广大的土地，又有众多的抗日人民……如再加上指挥适当一条，则小部队的非固定的长期根据地之建立，当然应该说是可能的。"

半年来，一一五师又打了香山阻击战、陆房突围战等几场恶仗，特别是半个月前的梁山伏击战以及近几天反"扫荡"的胜利，让罗荣桓对毛泽东的游击战理论有了更深的理解，对平原根据地的创建有了进一步的认识。

休整的间隙，一一五师与鲁西区党委决定召开这次会议，研究创建平原根据地的问题。

待大家争论得差不多了，罗荣桓站了起来：

"大家讲的都有一定道理，但这些并不是能否在这里建立根据地的根本理由。"

会场顿时静了下来。

"井冈山、五台山、太行山根据地得以建立，并不仅仅是因为有山地、有树林，更是因为有人民。"

罗荣桓把一本小册子举起来："这是毛泽东同志的《抗日游击战争的战略问题》。毛泽东同志指出：游击战，是与人民共存共生的一种战争。哪里有人民，哪里就可以开展游击战争。

"入鲁以来几场战斗的胜利，我们体会到什么？打樊坝时，老百姓在自家院墙上挖洞让我们隐蔽通行；香山战斗后，十几个村的群众从口中省下粮食慰劳我们，凑钱买棺材安葬牺牲的同志；陆房突围后，一二百人的山神庙村接纳我们四十多名伤病员，村长在自家的祖坟上挖洞把部队的药品藏好，'扫荡'的敌人两次进村，死伤群众五六人，但没有一个伤病员落入敌人手中；梁山伏击时，群众带路、传情报、抬担架、救伤员；刚刚结束的'扫荡'，我们钻了一周的青纱帐，哪一天没有群众为我们通风报信？"

罗荣桓扫视了一下会场，接着说："平原虽无高山作屏障，但有成千上万的民众。动员起来的广大民众是抵御日本侵略者的人山人海，是御敌的最强大屏障。发动群众，依靠群众，和群众生死与共，就可以形成一道坚不可摧的铜墙铁壁！"

罗荣桓一锤定音："只要坚持依靠群众，认真改造地形，坚持平原抗日游击战争，建设长期的平原抗日根据地，既是可能的，也是可行的！"

群众就是高山，群众就是森林，群众就是御敌的屏障，群众就是坚不可摧的铜墙铁壁！

半年多来的怀疑、观望、担忧情绪，被罗荣桓的一席话一扫而光。平原抗日根据地的创建，不仅有了实践上的探索，也有了理论上的支撑。

会议决定：发动群众，依靠群众，创建抗日根据地！

一一五师及鲁西区党委随后制定政策，开展破路、挖沟、破围寨的工作，改造地形，创造平原作战的新战场。12月底，巨野、曹县、郓城、寿张、东平等县，除日伪军据点外，能走汽车和大车的路都被挖掘了宽约2.6米、深约1.3米的抗日沟，以阻止日军汽车通行，同时又便于我方部队在沟内隐蔽机动。

1939年3月，八路军一一五师到达泰西地区后，与鲁西区党委共同组成鲁西军政委员会。图为与地方党政军干部的合影

部队及地方干部深入动员，充分发动群众，唤醒群众的抗日意识，鲁西、泰西、鲁西南、湖西抗日根据地相继建立起来。

到 1945 年，冀鲁豫边区已辖 22 个行署、198 个县、32600 个行政村、23 万平方公里、2551 万人，成为中国共产党敌后最大的抗日根据地，为打败日军、解放全国奠定了坚实的基础。

（三）唤起民众千百万

"战争的伟力之最深厚的根源，存在于民众之中。""兵民是胜利之本。"毛泽东同志的精辟论断，深刻揭示了革命战争与人民群众的关系。在艰苦卓绝的全民抗战中，千百万鲁西儿女激发出同仇敌忾的抗战热情，纷纷拿起武器，走上战场，与共产党和八路军并肩作战，汇聚起抗击日本侵略者的滚滚洪流，浇筑成人民战争的铜墙铁壁。

1. 钢铁"濮范观"

抗战时期，冀鲁豫三省交界处有濮县、范县和观城三个县，合称"濮范观"，是冀鲁豫边区政治、军事、经济和文化中心，边区党委、行署、军区及报社、银行、医院、学校、兵工厂等都设在这里。在抗战最艰苦的时期，这三个县依然保持在共产党的控制下，形成连成一片的中心区，被誉为"钢铁濮范观，华北小延安"。

"濮范观"虽无高山,却河流纵横,树木茂密,对开展游击战极为有利,是开辟根据地的理想之地。最重要的是,这一带党的工作基础好。早在第一次国内革命战争时期,这一地区就有了共产党的活动。1933年秋,黄河决口,大批灾民无家可归,饥寒交迫。范县乡村师范党支部组织党员深入难民之中,发动灾民暴动。到1934年,濮县有党员五百余人、支部八十多个。1935年,中共直鲁豫特委书记黎玉在徐庄指导当地党组织成立穷人会,建立秘密武装,开展了"分粮吃大户,镇压地头蛇"的斗争。这一年,范县五个区均有了党员和党支部,并建立了区委和县工委,观城也有了党的活动,为创建抗日根据地打下了坚实基础。

1937年9月,共产党通过国民党聊城专员范筑先,向"濮范观"派出大批干部。他们深入农村,发动群众,组织武装。濮县成立了各界抗日后援会,范县成立了农民抗日救国会,各种抗日武装纷纷建立。12月,共产党员张舒礼、周子明分别任濮县和范县县长,建立了抗日政权,开展抗日救亡运动。"濮范观"抗日根据地初步建立起来。

1938年3月,日军侵犯"濮范观"地区,制造了惨绝人寰的"濮县惨案"。范县、观城县也同样遭受劫难。为打击敌人,保卫根据地,中共地方党组织配合范筑先发起"濮县战役",历时三个月,经过十余次战斗,迫使敌人撤出这一地区。

1940年初,叛军石友三纠集三万余人的反动武装进犯"濮范观",不断挑起事端,形成了日、伪、顽、会、匪"五鬼"

闹边区的严重局面。2月，杨勇率——五师独立旅发起讨逆战役，很快拔除了这一带的国民党势力。7月，石友三随日军"扫荡"，占领濮县，并不断向范县和观城县进犯。杨勇在范县召开数千人大会，动员部队和群众与敌作战。

经过长期斗争，这一地区既无日军占据，又无顽军驻扎，"濮范观"根据地顽强坚持下来，成为八路军的后方基地。

范县颜村铺村是冀鲁豫边区二地委、二军分区长期驻地，段君毅、杨得志、杨勇、万里、曾思玉等长期在这里战斗、生活。1942年，冀鲁豫第二地委书记段君毅来到颜村铺村，发现这里土壤贫瘠，农业产量低，农民生活很苦，就想帮助当地群众深翻土地，改良土壤。尽管当时正处于抗战最艰苦的阶段，又遇上特大灾荒，八路军每人每天仅半斤粮或豆饼，干部战士精力、体力都有限，但段君毅还是以身作则，挽起裤脚甩开膀子，带领战士挤出时间干，掀起帮助群众深翻土地的热潮，把

莘县红庙村中共冀鲁豫（平原）分局旧址

33

贫瘠的土壤改造成了良田。

1943年春荒严重，段君毅与地委副书记万里组织群众生产自救。边区党政军领导人与群众一起，一手拿枪一手拿锄，一边斗争一边生产。地委提出"一两米能救活一个人，一斗糠穷不了一家人"，规定党政军机关每人每月节约五斤小米，每匹马每月节约十斤饲料救济群众。军民一心，鱼水情深，共渡难关，进一步巩固了抗日革命根据地。

1944年攻打郓城时，段君毅让范县支援七万斤米面。当时范县没有存粮，但各村每人送粮半斤，很快就收到8.5万斤粮食。

在抗日战争中，整个华北未被日伪军完全占领过的县城有七个，冀鲁豫边区占其三，这就是濮县、范县、观城。"濮范观"像一把插入敌人心脏的钢刀，在广袤的鲁西平原上树立了一面平原抗日游击战的旗帜。

解放战争时期，"濮范观"是全国解放战争的主要战场之一。刘邓大军从此地出发，强渡黄河，挺进大别山。党组织带领群众全力支援前线，动员大批青年参军参战，配合野战军机动作战；组织十万小推车支援淮海战役，成为夺取革命战争胜利的力量源泉。

2. 巨野"红五村"

抗日战争爆发后，巨野县西南部的葛集、大李楼、蒋海、马楼、徐堂五个相邻的村庄各自建立了自卫队保卫家园。

1940 年 2 月 15 日夜，劣绅葛老六勾结顽军卞九侵犯葛集。他们爬过寨墙，冲进村内，放火，扫射。自卫队队员发现，立即鸣枪还击，全村群众擂鼓呐喊，依靠房顶巷口，打得敌人到处躲藏。经过一天激战，毙敌三十余名，残敌夜间逃窜。

葛集战斗胜利后，巨南地区的日、伪、顽、匪把五村看成眼中钉、肉中刺，不断挑衅。为帮助五村抗日反顽，在巨南开辟抗日根据地的——五师教导三旅九团派共产党员进驻五村，发动和组织群众，成立五村联防自卫队，指导各村群众挖土围墙、伐木筑寨，并讲解战术，训练队员，五村斗争局面迅速改变。各村的寨墙上堆满了砖头瓦块，自卫队队员持土枪、长矛、大刀、短棍登上寨墙，站岗放哨。

6 月 20 日，卞九顽军一千余人进犯蒋海村。群众在寨墙周围悬挂滚木、礌石，架设土炮。敌人火力掩护进攻，刚爬到寨墙根，就被砸死。经过一夜战斗，打死敌人一百二十余名，缴获云梯七架、步枪七支。

卞九不甘心失败，趁中秋节晚上，带领一千余人再次袭击蒋海。自卫队设伏以待，敌人一进埋伏圈，顿时土炮轰鸣，枪声四起，敌人丢下四十余具尸体退出村外。接着，在四挺机枪的掩护下，卞九又组织第二次进攻。村民沉着机智，用土炮、礌石还击。这时，马楼、葛集的联防自卫队闻讯赶来。蒋海的自卫队队员一看，跳下寨墙扑向敌人。敌人受到内外夹击，纷纷逃跑，自卫队穷追猛打，毙伤敌一百二十多人，俘三十余人，缴枪五十多支。

几次实战后，五村群众的联防战术应用得得心应手。1942

年7月24日夜，顽军于飞部一千余人分三路围攻大李楼。自卫队一边以三十余人的突击队冲入敌群，展开肉搏战，一边通知葛集、蒋海等村援军赶来从敌后夹击。敌人腹背受击，仓皇而逃。战斗六个小时结束，毙敌一百余人，缴获步枪十四支、长梯九架。

联防自卫队不仅阻击顽军的侵犯，而且配合主力部队，打退了日伪军的"扫荡"。1942年3月，日伪军五千余人对巨南进行"扫荡"。3月4日，一千余人进攻马楼村，马楼村群众武装迎击后西撤，接着日伪军又向大李楼进攻。自卫队与县大队采取伏击战术，以部分武装留守钳制敌人，主要兵力埋伏在敌人必经之路的树林里，毙伤敌四十余名。另一股日军从北面向蒋海、葛集进攻，自卫队和县大队紧密配合，英勇阻击。八路军教导三旅主力一部分赶到马楼，截敌后路，毙敌三十余

巨野县博物馆陈列的"红五村"抗日反顽斗争中装枪砂的药囊

名。次日，日军不甘心失败，以大炮配合，进犯五村。县大队和五村群众武装采取麻雀战术，与敌周旋迂回，使敌到处扑空、被动挨打。经过两天激战，取得反"扫荡"斗争的胜利。

群众的智慧是无穷的，组织起来的群众更是既英勇善战又妙计迭出。1942年12月，牛联文带领的自卫队和日军的一个中队突然相遇。日军见自卫队人少，拼命追赶。自卫队边打边撤，巧妙甩掉敌人，来到蒋海。蒋海的自卫队要求出击歼敌，牛联文说："孟海村住着顽军第七师，日军还在追我们，不如把日军引到孟海去，叫他们狗咬狗去。"于是自卫队转移，蒋来让等五人留在蒋海村。半夜时，日军进村，抓住蒋来让询问。蒋来让沉着应对："八路下午走的，到孟海去了。"日军立即向孟海扑去。蒋来让等五人抄小路跑到孟海村边的一个水坑，埋伏下来。待日军走近，蒋来让他们一起向日军猛烈射击，又向孟海村里扔了几颗手榴弹，然后顺着小路跑了。日军认为围住了八路军主力部队，拼命地往村里攻。顽军认为遭到八路军主力的包围，硬着头皮还击。两边越打越凶，枪炮声一阵紧似一阵。拂晓时，日军攻进村里才发觉上了当，双方各伤亡八十余人。

经过几年的锻炼，联防自卫队越战越英勇，不仅能自卫，还能主动出击。1943年2月20日，伪军在张表集抓捕了两名自卫队队员。联防自卫队听到消息后，决定拔除据点，救回同志。第二天，以点炮为号，五村自卫队一齐出动，持枪抬炮，将张表集伪军据点团团围住，周围群众也扛着抓钩、铁锹前来助战。据点伪军急忙向县城日军求援。日军前来增援，未到张表集，就遭到了五百余名自卫队队员迎头痛击，掉转车头逃窜回县城。伪军见援军被击退，只好投降当了俘虏，把人放出来。群众随即把据点扒掉，放火烧了炮楼。

在共产党的发动下，千百万群众被组织了起来。觉醒了的群众一手持枪一手拿锄，陷敌人于人民战争的汪洋大海之中。五村群众破公路，割电线，铲炮楼，围据点，抗日反顽斗争取得了一次又一次的胜利。以五村为中心建立的巨南抗日根据地，为鲁西抗日战争的胜利做出了重要贡献，五村也被人们誉为"英雄的红五村"。

3. 莘县"八路庄"

聊城市莘县古云镇徐庄村地处冀鲁豫三省交界处，20世纪30年代隶属濮县，是典型的"三不管"地带，却是远近闻名的"八路庄"。

1934年，在范朝濮联立乡师读书的徐宾加入了党组织，成为徐庄最早的共产党员。毕业后，徐宾以在古云集小学教书为掩护，发展本村徐开先等八人入党，于1934年6月27日成立徐庄党支部。

不久，中共直鲁豫特委书记黎玉来到徐庄，开展党的运动。由于黄河洪水泛滥，粮食歉收，春节将至，农民过年吃饭很成问题。黎玉提出分粮吃大户的办法解决燃眉之急。

他们把目标定在徐庄南七十余里的木靳庄大地主赵振纲家。赵振纲仗着儿子是国民党的区长，作威作福，鱼肉百姓，是当地一霸。黎玉组织党员及积极分子一百多人，在深夜以迅雷不及掩耳之势，把护院家丁抓住，冲进赵振纲住室，装完粮食从容退出。撤离时，贴出布告："财主仓里粮千担，全是穷人血和汗。共产党领导咱吃大户，要造反，哪个胆大敢报官，叫你脑袋把家搬。"并编造了个署名：工农红军华北纵队第九游击队三小队。

打土豪的胜利，使徐庄的党员和积极分子受到极大鼓舞。随后，鲁西第一支共产党直接领导的农民武装——徐庄游击队成立。

中共山东省委临时负责人赵健民听说了徐庄的革命行动，激动万分。1929 年至 1933 年，中共山东省委连续十一次遭到敌人严重破坏，与党中央失去联系已达三年。赵健民两下泰安，两到濮县，徐运北去北平，苦苦寻找上级党组织，结果都无功而返。1935 年暑假后，赵健民来到徐庄，见到了濮县县委书记王士希和直南特委巡视员、濮阳中心县委书记刘宴春。赵健民谈了山东的情况后，要求直南特委转告北方局，派人恢复山东地方党组织的关系。

"老掌柜已到，请速来洽谈一笔生意。"1935 年 12 月，赵健民收到这样一封信，兴奋不已，马上骑上自行车，沿黄河大堤从济南向西一路狂奔，直驱五百里，再次来到徐庄。

黎玉早已等候在一条小河边。两双手紧紧地握在一起，赵健民激动得热泪直流。当晚，两人彻夜长谈，详细商议中共山东省委恢复重建事宜。

1936 年初，黎玉把在徐庄见到赵健民的情况转告给河北省委。北方局负责人刘少奇决定派黎玉任中共山东省委书记，到山东恢复与重建山东地方党组织。

黎玉再次回到徐庄，对山东省委恢复和重建工作进行运筹。5月1日，在黎玉主持下，山东省委在济南恢复重建，开启山东省党的发展和革命斗争的新篇章。

徐庄因此被称为"中共山东省委恢复地"。

1938年冬，为解决武器弹药缺乏的难题，冀鲁豫军区在徐庄建起兵工厂。

徐庄村民群情振奋，踊跃支持，人人忙活得如同过年。原料来了，村民们用自家的碾子碾碎，再制成炸药。地雷、手榴弹造好了，村民们装进自制的木箱里，套上牲口运往前线。在村民的积极配合下，兵工厂日产手榴弹达一千余枚，地雷达一百多个。

徐庄组建了被服厂，生产军衣和被褥。四十台缝纫机分散在农户家中，七十多名工作人员日夜轮班。党员群众主动配合外出采购棉花、布匹，外运成品，一天能收购二十余个白布卷，合三万米布。随着需求量的不断扩大，村里又组建了供销合作社，专门围绕工厂生产开展业务。

国民党顽固派对徐庄恨之入骨。1940年6月15日，国民党一八一师孟昭进部偷袭徐庄，徐开先等五名共产党员和四十八名群众被捕。敌人对五名共产党员严刑拷打，软硬兼施，逼问兵工厂的下落，却一无所获。22日，五名党员被活埋于古云镇西北的沙滩。

1946年底，徐庄建起保育院，冀鲁豫边区领导的家属子女和伤员四十多人被分别安置在党员、积极分子和堡垒户家，与村民生活在一起，亲如一家。保育院帮助徐庄建立和发展妇救会、青抗会、儿童团等群众组织，开办学校。全村青年妇女也进了学堂，出现了一批妇女干部，二十多位女青年外出参加了工作。

徐庄村成了抗战堡垒村、根据地、大后方。冀鲁豫边区军民亲切地称之为"八路庄"，还送上了平原"小延安"的美誉。

徐开先就义后，同是党员的母亲王光秀掩埋了儿子的尸体，擦干眼泪，勇敢地接过儿子的使命，冒着生命危险秘密为党工作，一次次完成了交通联络任务。由于儿子牺牲，家里陷入困顿，无钱交党费。王光秀每到交党费时，都团一个泥丸，放入瓦罐里，一放就是十多年。

1950年，时任中共中央组织部副部长的王从吾率领革命老区慰问团到徐庄慰问。这位烈士的母亲颤抖着双手，默默捧

莘县古云镇徐庄村山东省委重建纪念馆（原鲁西第一党支部旧址陈列馆）

出瓦罐，倒出了代表党费的泥丸，深情地向组织汇报说："我始终没有忘记党，没有忘记我是一名共产党员，这是我这些年的党费。"

一粒粒"八路庄"的泥丸，一颗颗珍珠般的"向党心"！

4. 湖西"小延安"

苏鲁豫皖四省交界的单县朱集镇张寨村，以湖西"小延安"闻名遐迩。这个美誉的由来，还要从单县的第一粒"革命火种"说起。

1932年，张寨村青年张子敬考入单县中学，接受了马列主义的熏陶，成立"抗日义愤团"，组织学生"闹学潮"。经历斗争锻炼后，于1934年秋被国文老师、地下党员高文甫发展为党员。

年底，张子敬毕业回到家乡张寨，受聘于邻村张花园小学教学，并拜师学习针灸，以教书、行医为掩护，秘密开展党的工作，引导穷苦农民寻找翻身之路。

"穷人齐了心，富人不敢欺……"每到星期天晚上，张子敬家的茅屋里便传出讲课的声音。受苦受难的人们挤满一屋子，津津有味地听他讲解浅显易懂的革命道理，不时爆发出掌声和欢笑。

很快，张子敬身边吸引了一批积极分子。常学义率先入党，成为单县第一个农民党员，之后又有六人陆续投入党的怀抱。1936年春，张寨党支部宣告成立，张子敬任支部书记。随后，他以张寨为中心，相继在周边几十个村庄发展党员五十多名。

1937 年底，单县十个区有八个区先后建立了党组织，成立十几个支部。党组织不断发展壮大，中共单县县委也随之在张寨诞生。张寨的星星之火，燃遍了湖西大地。

1938 年春节，单县县委决定举办抗日骨干训练班。但两个难题摆在面前，一是地点，二是吃饭。

天寒地冻，两百多人的队伍在哪里训练呢？本村大地主朱德霖家有一处大院子，可容纳上千人，党支部决定训练班就在他家里办。朱德霖害怕惹火烧身，百般阻挠。张子敬的父亲给出主意："朱家有两个小辫子可抓，一是窝藏土匪，坐地分赃；二是吸大烟，走私犯法。若不同意，就到县里告他。"这一招果然奏效，朱德霖被迫腾出了整个大院。

老百姓常年过着"半年糠菜半年粮"的生活，吃饭怎么办？捐！党员、积极分子和开明士绅慷慨解囊，有的捐十斤，有的捐二十斤。张子敬堂兄张建富，开明士绅朱鸿铎、赵伯明等捐粮几百斤到上千斤。吃饭问题也解决了。

2 月 4 日，大年初五，热血青年们扛着长矛，举着大刀，唱着歌儿，喊着口号，潮水般涌进朱家大院"安营扎寨"。他们啃着窝窝头，白天学习革命道理，晚上训练军事作战。一时间，张寨村人来人往，热火朝天。

训练班结束后，在"红枪会"基础上，张寨抗日自卫团宣告成立。接着，党组织分派孙星桥、高文甫等党员到周围村庄发动群众，呼啦啦建立了十三个抗日自卫团，张寨组成了抗日自卫团联队（简称"抗联队"）。

为扩大影响，抗联队组织了几次大规模的"亮兵"活动，队伍每次都在千人以上，手持刀枪，走上街头，高呼抗日口号，高唱抗日歌曲，浩浩荡荡，威武雄壮，经村过寨，声威大振。

侯楼的官僚地主、国民党单县财政科科长刘宾三坐不住了，污蔑自卫团"土匪作乱"，勾结县长乔琅亭和警察局局长蒋省三派兵"清剿"。中共单县县委书记李毅争取国民党第五战区游击司令部第一纵队的承认和支持，将自卫团编入第一纵队，取得抗日武装的合法地位，粉碎了刘宾三等人的阴谋，为自卫团"开张"献上头份"贺礼"。

1938年5月，日军攻陷丰县县城，国民党军队闻风而逃。张寨抗联队在高文甫、王华瑞领导下，编入李贞乾领导的人民抗日义勇队二总队第八大队，毅然离开家乡，奔赴抗日前线，一举收复了丰县县城。7月2日，日军沿定砀公路侵犯单县，第八大队在单砀边境马良集伏击日军，歼其一部。10月，在李贞乾指挥下，讨伐汉奸王献臣，歼敌一千余人。12月，二总队奉命改编为山东纵队挺进支队，后来又与一一五师六八五团合编为苏鲁豫支队。从此，张寨抗联队被称为"新八路"，成为主力部队一部分，纵横驰骋，转战南北，立下汗马功劳。

鲁西南工委、单县县委、苏鲁豫特委和一些群众团体都驻在张寨，这里成了党的活动中心。党员和群众像对待自己家人一样支持、保护着他们工作、战斗。地委书记潘复生一家和专员李贞乾一家都住在群众家里，他们的爱人养病生孩子，都受到无微不至的照顾。张寨成了风雨同舟的"战士之家"。

高文甫、李毅、孙衷文、马霄鹏、白子明、魏钦公、苗春亭等常在张子敬家吃住。为了解决吃住问题，张子敬的妻子蔡志真和齐居真妯娌俩轮流做饭，无论早晚，无论人多人少，总是让大家喝上热水吃上热饭，有时一天要做七八次甚至十几次饭。她们还帮同志们拆洗衣服，被大家亲切称为"二嫂"和"三嫂"。

1942年底，肖明团长在"大扫荡"中牺牲，爱人方军随军作战，把刚生下的小女儿寄养在张寨。赵传德一家像对亲生女儿一样，一直将她抚养到七八岁。1943年秋，日伪军搞"铁壁合围"，后勤战士小胡没来得及撤退，被敌人围在村子里。日伪军叫人认领，贫农张建寅毫不犹豫地把他认作自家人，保护了他。

黄河故道响惊雷。在张寨影响下，单县各地纷纷组织抗日武装，抗日救国浪潮一浪高过一浪。周围的丰县、沛县、萧县、

单县张寨村抗日自卫团

砀山、虞城、金乡、鱼台、成武等地，到张寨学习参观者络绎不绝。一些来自赣闽川等南方省份的老红军也落户于此。

张寨成了湖西抗日的大本营，犹如宝塔山下光芒万丈的圣地，被《冀鲁豫日报》誉为"革命的指路明灯"，被群众誉为湖西的"小延安"，在方圆近四百公里的广袤土地上，引领着四省二十多个县的抗日斗争。

（四）军民同心战鲁西

军民心连心，革命一条心。面对外敌入侵，鲁西军民奋起抵抗，万众一心，义无反顾地投身抗日洪流，共同抵御外侮，誓死保家卫国。他们视死如归，英勇杀敌，表现出强烈的爱国热忱和伟大的牺牲精神。其间，爆发了诸多著名战斗和经典战役，极大地打击了敌军的嚣张气焰，为鲁西抗战史写下了可歌可泣、悲壮不屈的一笔。

1. 万众一心战聊城

1937 年七七事变爆发，日本侵略军沿津浦路长驱南下。10月 5 日，日军占领德州、临清等县，山东省政府主席韩复榘率十万大军稍战即退，大好河山落入敌手。

"大敌当前，我们守土有责，不抵抗就撤走，何以面对全国父老？"山东省第六区行政督察专员兼保安司令范筑先奉命撤到黄河北岸的齐河渡口，看到大批难民家破人亡，流离失所，夜不能寐。

早在 1937 年 4 月，周恩来就派彭雪枫以中共中央代表的身份，会同在第六专署供职的共产党员赵伊坪等人，对范筑先做了大量争取工作。在共产党的影响和鼓励下，11 月 19 日，范筑先发出"裂眦北视，决不南渡"的"皓电"，震惊全国，极大地鼓舞了全国人民的抗战热情。

但抗日战争怎样打？能否取得最后胜利？范筑先心里没有底儿。1938 年 1 月，范筑先给毛泽东和朱德写信，表明自己坚持敌后抗日的决心和信心，希望与共产党精诚合作，并请求从延安派干部到聊城协助工作。

5 月，山东省第六区保安司令部改称鲁西北抗日游击总司令部，范筑先任司令。范筑先两次拜访一二九师副师长徐向前，欣然接受中共的抗战主张，签订了两军互换情报、配合作战协定。9 月，三百余名青年和红军干部从延安到达聊城，加入范筑先的鲁西北抗日游击队。

鲁西北抗日军民和敌人进行了大大小小几十次战役，给敌人以沉重打击。鲁西北抗日根据地很快扩展到三十余县，统辖抗日武装多达十万人。在齐河战役中，范筑先的次子、青年抗日挺进队队长范树民壮烈牺牲，范筑先年仅二十岁的二女儿范树琨随后接任挺进队队长。

范筑先坚定地表示："我是良心抗战，谁真心抗战我就拥护谁。共产党坚决抗战，所以我要跟共产党合作！"

1938 年 11 月上旬，日军由济南、德州、禹城兵分三路进攻聊城。范筑先按共产党的建议，转移主力部队到农村与敌人打游击。13 日，城内各机关、学校、群众和主力部队撤出，只留少数部队守城。

14 日上午 9 时，范筑先正要离城时，被国民党特务李树椿缠住，不得脱身。等下午 4 时李树椿离开，范筑先出城时，三个城门已经堵住，西门的小路也被敌机枪封住。

这时，日军从南门攻城。战士们挥舞大刀，与敌人展开肉搏战。范筑先率五十余人赶来增援，接连打退日军数次进攻，歼灭敌军七八十人。

黄昏，日军在猛烈炮火的掩护下，由东门三个方向爬墙攻城。范筑先急率部队赶到，经过两个多小时激战，打退日军三次进攻。

24 时，援兵或受敌阻止或路远迟迟未到，通往各县的电话线也被切断。东门的敌人又开始进攻，范筑先说："事已至此，我们要人在城在，和敌人决一死战！"

15 日拂晓，日军出动三架飞机，环绕城墙低空飞行，侦察城内防务，并用机枪扫射，同时大炮也密集轰炸。四面城墙上的守卫将士用大刀、手榴弹与爬上城墙的敌人死拼，连续击退敌人的多次进攻。

范筑先在东门的战斗中左臂受伤，血流不止。将士央求他暂时退出阵地，但范筑先坚持由卫士搀扶着指挥作战。

9 时，东门失守，日军攻入城内。共产党员、少将高级参议张郁光等人在巷战中被敌人包围。张郁光等拉响手榴弹，与十几个敌人同归于尽。

范筑先退到万寿观，面对蜂拥而至的敌人，大声喊道："中国人民有的是硬骨头，宁愿战死，决不投降！"与敌人展开激烈巷战，左腿被机枪打断。

北、西、南三面的敌军在猛烈炮火掩护下冲上城墙，城门相继失守。城防副司令郑佐衡带领一百三十余人，试图从西门突围，遭到敌人火力封锁，被迫退回。在子弹打完后，他们用大刀与敌人肉搏，最后全部战死。

下午5时，敌军冲进城内，范筑先及警卫员陷入敌军包围。范筑先吩咐警卫员自寻生路，警卫们不忍离去，抬着他去天主教堂医院。路上，眼见日军就要占领全城，范筑先宁死不当俘虏，拔出手枪，自杀殉国。

聊城随即失守，七百余名守城将士全部壮烈牺牲，三百余名群众遇害。

范筑先将军壮烈殉国的消息传出，举国震惊。国民政府"特令褒扬"，通令全国下半旗三天。中共在延安和重庆分别召开追悼会。以范筑先为首的抗日将士用鲜血和生命谱写了一曲气壮山河的英雄赞歌，进一步激起全国人民的抗日斗志。鲁西人民的抗日斗争如火如荼。

2. 激战潘溪渡

1940年底，为支援鲁西军区教三旅九团开辟巨（野）南地区，鲁西军区司令员杨勇、政委苏振华决定将驻郓城日军吸引到郓城西北方向，寻机歼灭。

梁山伏击后，日军主力出城谨慎多了。"得设法把敌人引出来。"1941年元旦，杨勇和苏振华在去七团的路上，开始琢磨起来。

"日军对警备区内的据点有支援义务，来个围点打援！"杨勇说。

时值严冬季节，苏振华骑在马上放眼望去，广袤的鲁西大平原一望无际，既没有茂密的森林，又没有葱郁的青纱帐，更没有起伏的山丘。打伏击，部队隐蔽在哪里？

"我们选战场，改造战场！敌人必经的村庄就可隐蔽部队！"杨勇信心十足，"有几个村基础好，可以改造！"

"那还要看能不能引蛇出洞。"苏振华笑道。

"放心，我们有秘密武器呢！"杨勇露出了神秘的笑容。

1月2日，杨勇带人勘察地形，选择战场，拟订方案。

郓城县西北四十里处的侯集有一个日军据点。杨勇决定围这个"点"，在郓城县城至侯集据点必经的碱场店村设伏，打郓城的"援"。

为麻痹敌人，杨勇命令参战的七团到百里之外的黄河以北范县集结，进行五天的临战训练。指战员们按照平原伏击、围点打援的战术要求，以对抗演习的方式模拟演练。

1月7日夜，寒星闪烁，北风刺骨。七团战士冒着零下十几度的严寒，从范县出发南进，避村绕舍，一路急行，午夜前全部到达作战位置。

各部到达后，严密警戒，封锁消息，行人准进不准出。指战员挨家挨户做工作，熄灭灯火，不许狗叫，动员群众天亮后照常劳动。

1月8日0时，军区特务营和地方游击队按时向侯集据点发起佯攻，火力凶猛。

"侯集求援，但郓城令其坚守。"这时，杨勇的"秘密武器"派上了用场。1939年8月梁山战斗中被俘日军水野清夫成为鲁西军区反战同盟支部负责人，此时在侯集至郓城的电话线上挂上耳机，时刻窃听日军之间的通话。

"再加把火，把云梯架上。"杨勇胸有成竹，下达命令。

部队发起又一波攻击，故意将攻城云梯露出地面，直抵敌人第二道堑壕前沿，摆出誓拔据点的强攻阵势。

据点再次向郓城寻求救援。

"郓城答应天亮后派主力增援！"水野清夫随时报告。

"好！蛇要出洞了！"杨勇紧皱的眉头舒展开了。

上午11时，郓城援军行进到碱场店南的潘溪渡村时，突然停止前进，集结待命。

一小股骑兵和便衣前进到碱场店。

村子保持了与往常一样的平静：炊烟袅袅，鸡鸣犬吠，战士化装的群众担水，磨面，抬粪，放羊……部队隐藏在村中的民房里、院墙后、柴堆中或房顶上。

村头化装成村民的侦察兵凑到敌人跟前，打水饮马。敌人进村沿街搜索。

"咚咚咚！"隐藏着战士的院落前，敌人猛踢房门。

"糟了！"战士的心一下子提到了嗓子眼。

一营谢教导员急中生智，装成农村老太太的声音说："老总行行好吧！媳妇病了，俺害怕，不敢开门。"

敌人居然被骗了过去。

折腾一番，敌军向后发出信号，主力继续前进。四百余伪军在前头开路，日军乘四辆汽车保持一定距离在后，炮兵尾随，小心翼翼地前行。

13 时许，伪军通过碱场店，进入二营伏击区；日军主力大部分进村；炮兵刚下村东南大堤，尚未进村。

就在这时，一个日本骑兵似乎发觉了隐蔽的八路军，向软木少佐报告。敌人即刻停止前进，妄图退出村庄。

团长刘正看到敌情突变，判断让敌人全部进入"口袋"已不可能，当机立断，发出进攻信号。

刹那间，伏击部队各种武器一齐开火，日军伤亡惨重，溃不成军，向村东溃逃。

已过碱场店的伪军听到枪声后急忙向村内逃窜，七团参谋长程正杰带领二营由郭垓、秦集出击，由西向东对敌兜击。

团政委杨俊生带领三营，由侯铺、樊楼迅速强占碱场店村东大堤，从东向西包抄，对逃至村东的敌人主力展开侧击。

各营紧密配合，形成对敌四面合围攻势。

八路军与敌人短兵相接，展开激烈肉搏战，敌军无力招架，死伤大半。敌四辆汽车，三辆当场被焚，另一辆逃跑，于潘溪渡附近被截。残敌三十余人逃至碱场店东南，占据大堤上的龙王庙，负隅顽抗。一营、三营配合包围敌人。经过拼杀激战，黄昏时分，全歼龙王庙之敌。

战斗打响时，尚未进村的敌炮兵见前面主力遭到伏击，仓皇打了几炮，掉头向潘溪渡方向逃。从西北包抄而来的二营穷追不舍，在追击中将敌人拉炮的马匹击毙。抢先插入潘溪渡的旅骑兵连切断敌人退路，敌人炮兵于潘溪渡村北被围歼，92式步兵炮落入我军手中。

战斗临近结束时，郓城再次出援的日伪军赶到潘溪渡东南侧。严阵以待的旅骑兵连和二分区特务连对敌阻击，毙敌二十余名，援敌被迫撤回郓城。

17时许，战斗胜利结束。

潘溪渡一战，巧妙设伏，围点打援，全歼日军一个加强中队和一个伪军警备大队，击毙日军软木少佐以下一百六十余人，击毙伪军大队长王品端以下一百三十余人，焚毁汽车四辆，缴获92式步兵炮一门、重机枪两挺、轻机枪六挺、马步枪一百九十余支，创造了平原伏击战全歼日军的模范战例！

日军配备的92式70毫米步兵炮

杨勇策马赶到现场，看到被俘的敌群和战利品，舒心地笑了。

群众编了一首歌谣，争相传唱：

> 正月里，正月正，遍地麦苗青又青。
>
> 潘溪一仗打得好，八路个个是天兵。
>
> 夺大炮，立大功，战士都是真英雄。
>
> 用兵如神是杨勇，黄河岸边留美名！

3. 王厂血战

曹县鲁西南革命烈士陵园内，有一座墓碑带着岁月的斑驳，静静地矗立在翠柏丛中。络绎不绝的凭吊者向着墓碑上闪光的名字深深鞠躬，脑海里浮现出一幅悲壮的画面……

1943年，冀鲁豫抗日根据地度过了极端困难时期，进入恢复和扩大的新时期。日军不甘失败，集结济宁、徐州、商丘等地日伪军一万余人，大举"铁壁合围"，妄图消灭根据地。9月下旬，日军对驻扎在单县的八路军冀鲁豫军区三分区形成围攻，形势危急。

鲁西南军分区司令员朱程、专署专员袁复荣正在研究一份急电。

"老袁，敌人在三分区扫荡已将近一个月，单县那边的军民够艰苦的了。我完全拥护杨得志司令员的指示，把敌人牵到咱五分区这边来，让三分区的同志们休整休整。"

"好。我同意你的意见！"

两人把青年挺进大队大队长郑美臣找来，让他带一个骑兵连、一个步兵连和一个县大队，到单县去"牵牛"。久经沙场的朱程知道，这将是一场恶战。

曹县城西南二十余里的王厂村一带位于黄河故道北岸，西、南两面均有太行堤为依托，地势险要，进可攻，退可守。9月23日，朱程、袁复荣率部驻扎在这里，并召开作战会议，做了具体部署。

28日上午7时，朱程、袁复荣正在王厂村北约 公里的太行堤下活动，突然，日军一队骑兵由东向西驰来，另有一批日伪军正向王厂左侧迂回，合计兵力三千余人，对王厂形成了东北、东南、西南三面快速包围。"牛"果然被从单县牵来了。

战场形势瞬息万变。朱程见敌众我寡，立即下令避开敌人合围，插到敌后，牵制敌人。但敌人来势凶猛，敌骑兵已截断通往西北的退路。

忽然，一发炮弹呼啸着飞来，民一团团长桑玉山等十余人中弹牺牲。朱程的战马也嘶鸣着轰然倒地。

朱程沉着果断地指挥突围。经过一番激战，二十一团全部、民一团大部都冲出了包围圈，朱程和袁复荣与军分区指挥所、专署机关、民一团一部一百余人陷入日军的重重包围。

朱程决定率两个排的战士抢占王厂村，坚守反击。当他们冲到王厂村边时，敌人已抢先一步，在民房的制高点上架设了机枪。

此时，河南民权、兰考的日伪军也向这里迅速靠拢，兵力不下六七千人。本想"牵牛",却引来了一群"狼"!

朱程、袁复荣率部向王厂西南的郑庄撤退,遇敌阻击,便抢占了郑庄西南的一个土墙围子。朱程做了简单部署,全体指战员决心坚守阵地,宁可流尽最后一滴血,也绝不当俘虏。他们迅速挖了简易工事,在土墙上掏了枪眼,打算坚守到天黑再突围。

8时许,敌人突然蜂拥而至,像疯狗一样把村子团团围住,同时占领了周围的村庄和北面的太行大堤。朱程身先士卒,带领战士一连击退敌人三次进攻。朱程胸部负伤,鲜血染红了半边胸口,稍事包扎后继续指挥战斗。

下午,敌人施放了毒气,从三面发起攻击。战士们同突入围子的敌人展开肉搏。朱程甩掉上衣,挥舞大刀勇猛砍杀。一时间杀声震天,血肉横飞。进入围子的敌人被消灭殆尽,我军这时只剩下了三十余人。

朱程命令编成四个战斗班,继续坚守:"宁肯前进一步死,绝不后退半步生!我们已经打退了敌人的四次进攻,一定要坚持一下,等到天黑就可以突围了!"

战场一片沉寂。深秋的傍晚,日头如坠。

突然,日军发起猛攻,轻重武器同时开火,敌人喊叫着从缺口拥进围子。子弹打光了的战士一个个英勇地冲向敌人,又一个个悲壮地倒下。袁复荣在奋战中英勇捐躯。

最后的时刻到了!失血过多、极度虚弱的朱程挥起手来抹了一把脸上的血汗,高喊一声"冲啊!",起身冲向围子外,没出数米不幸中弹,高大的身躯訇然仆地。

鲜血染红了残阳，残阳映照着苍穹……

这支三百多人的部队以几乎全部牺牲的代价，拖住数倍于己的敌人八个多小时，为大部队的撤离争取了时间。

鲁西南，风雷过，男儿血，汇黄河。王厂 战，惊天地，泣鬼神。一个日军战地记者记述了王厂战斗之惨烈，说"朱程决死指挥""必死抵抗""不见降服的样子"，日军进攻时，王厂已"犹如地狱"。

1943年12月18日，中共冀鲁豫区党委、冀鲁豫行署、军区及边区各界代表万余人，在鲁西南烈士陵园隆重集会，沉痛悼念朱程、袁复荣等将士。朱德总司令亲拟了碑文。

挽联如雪，随风纷飞，漫天皆白。朱程妻子郝淑斋带着两岁半的女儿庙生，含泪献上了一首悼诗：

> 我的程啊，我的公行！
> 八九年的道义之交，
> 四五年的夫妻恩情，
> 我爱你甚于爱我的生命！
> 我常常拿你比漫漫长夜中的明星，
> 啊！我的明星永远陨落了，
> 你化一道火剑冲过了太空。
> 这光芒四射的火剑啊！
> 刺伤了千万个爱你的心，
> 更深深刺伤了我的灵魂。
> 假如我不是一个共产党员，
> 一定不再继续生存，

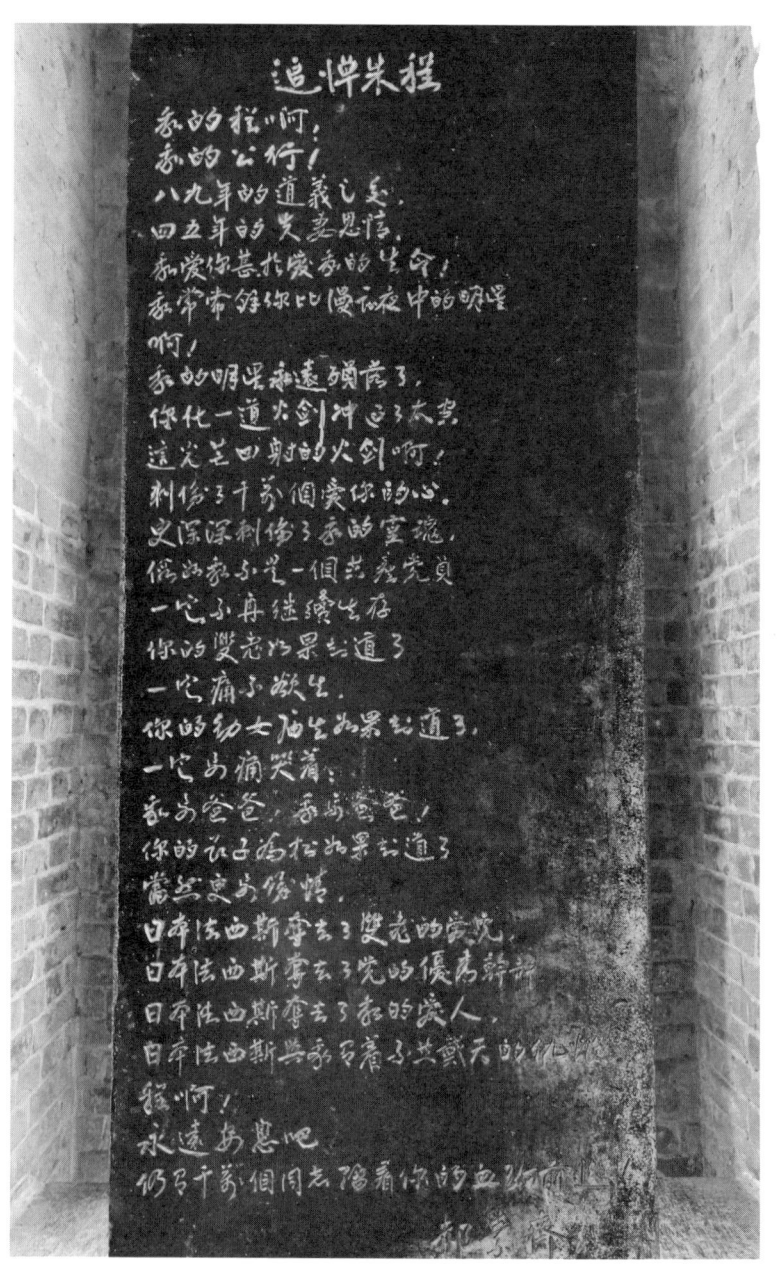

曹县鲁西南革命烈士陵园朱程将军纪念碑

你的双老如果知道了，

一定痛不欲生，

你的幼女庙生如果知道了，

一定要痛哭着：

我要爸爸，我要爸爸！

你的长子为松如果知道了，

当然更要伤情。

日本法西斯夺去了双老的爱儿，

日本法西斯夺去了党的优秀干部，

日本法西斯夺去了我的爱人，

日本法西斯与我有着不共戴天的仇恨。

程啊！永远安息吧！

仍有千万个同志踏着你的血迹前进！

4. 铁骑雄风

在抗日战争和解放战争时期，一支充满传奇色彩的骑兵部队纵横驰骋在鲁西大平原上。它机动灵活，英勇善战，让日伪军及国民党军寝食难安、心惊胆寒。这支英雄的部队就是冀鲁豫军区骑兵团，老百姓亲切地称它为"黑马团白马团"。

冀鲁豫军区骑兵团的前身是红十五军团骑兵团，后改编为八路军一二九师骑兵团。骑兵团有四个连（后增加为五个），根据战马毛色不同，分为黑马连、红马连、白马连、花马连。1943 年 2 月，一二九师骑兵团被编入冀鲁豫军区第四军分区，成为军分区直属骑兵团，从此开启了在鲁西大地上东征西讨、南征北战的辉煌篇章。

1943年，冀鲁豫军区骑兵团在东垣县境内，首战歼灭顽军邵鸿基部四百余人。

国民党"冀察战区挺进第二纵队司令"邵鸿基驻防长垣，经常制造摩擦，与八路军作对。骑兵团决定狠狠教训他一下。

3月9日早上，骑兵团正在训练，冀鲁豫军区二十一团送信说，顽军邵鸿基率部一千多人前来，请骑兵团配合伏击邵鸿基。

骑兵团在团长雷玉良、政委况玉纯指挥下，埋伏在指定位置，待时出击。

上午9时，邵鸿基率部气势汹汹扑来。

为了引诱敌人，二十一团派一个连沿黄河大堤故意慢悠悠活动。邵鸿基见是二十一团的小股部队，急速包抄过来。两军在黄河大堤外相遇，邵部在机枪掩护下，呈一字形向二十一团阵地冲来。二十一团以逸待劳，以优势兵力从中间突破，一阵冲锋，把敌人切成两截。

骑兵团乘势出击，左边是红马连，右边是白马连，三百匹战马像两团旋风，铺天盖地冲杀过来。

邵鸿基见从天而降的骑兵，顿时惊慌失措，率部扭头就跑。二十一团紧追不舍，骑兵团则迂回截击。

敌人像被猎人追赶的兔子，一路狂奔。到了罗圈和尚寨之间的一片洼地里，骑兵团突然迎面截住了溃逃的邵鸿基部。红马连如一团炭火席卷而来，白马连像一片白雾疾驰而至，后面有紧追不舍的二十一团，邵鸿基成了瓮中之鳖。

骑兵团战士挥舞着大砍刀，闪亮的刀片像切瓜剁菜一样砍杀敌人。几百匹嘶鸣奔腾的战马、高高举起的雪亮军刀、战马踏起的漫天黄尘，让敌人心惊胆战，纷纷缴械投降。

邵鸿基忙与特务团团长赵子安换了坐骑，趁我八路军战士与其部属混战之际，偷隙突出重围，只身逃往老巢。

这一仗毙伤敌人四百多人，俘敌八百余人，缴长短枪九百余支、机枪十多挺。从此，邵鸿基一蹶不振，冀鲁豫抗日根据地向南扩大到长垣、延津、封丘一带。

骑兵团也打出了气势，"黑马团白马团"声名远播。

1943年春天，骑兵团接到一项特殊的任务：自带粮种和给养，到沙区帮助群众救灾和生产。

经过1941年日军的大"扫荡"，沙区变成一片废墟，庄稼颗粒无收，家家断粮断炊，群众逃荒他乡，家中只留下老人。

骑兵团政委李庭桂含着眼泪对部队说："沙区群众都是我们的父老乡亲、兄弟姐妹，一定为他们耕好地，播好种，让沙区变绿，争取大丰收。"

骑兵团的战士变农夫，战马变耕马，刀挖手扒，人马一同拉犁，帮助沙区人民生产。

1943年夏，沙区小麦丰收。东明县伪军赵云祥盯上了丰收的麦田，派出一个营到沙窝抢粮。

李庭桂派黑马连突击越过黄河。敌人还未得到一粒粮食，便被飞来的黑马连骑兵包围。接着，李庭桂亲率白马连从天而降，冲进包围圈，挥刀举枪，毙敌无数。

伪军换了策略，夜间出动部队割麦。李庭桂得到情报，却不急于出兵。伪军是免费的劳动力，应该好好使用。等伪军割完麦子，要捆扎装车的时候，骑兵团飞奔而至。伪军一听马蹄声，放下麦子大喊："快跑，黑马团白马团来了！"

第二天一早，李庭桂让战士们通知农户，伪军昨夜已经把麦子割好了，各家快去收自家的麦子吧。自此，沙区几个县的敌人吓得不敢轻易出门抢粮了。

1944年，冀南军区和冀鲁豫军区合并，骑兵团由原来的四百多人马扩编到一千多人马，成了名副其实的主力团。

这年11月，冀鲁豫军区向湖西境内日伪军发起冬季攻势作战。骑兵团急行军九十华里，从丰县西北赶往单县东北参战。24日，在著名的插花楼战斗中，骑兵团长驱追击，纵马挥刀，横劈竖砍，杀得敌人尸横遍野、溃不成军。日军小队长森方命丧马刀，伪山东省警备队第一大队队长吴振海被一刀劈下肩膀，失血而死。骑兵团缴获日军步兵炮两门。

一次次的战斗洗礼，一次次的浴血奋战，骑兵团不仅成为百姓心中的传奇，而且永远铭刻在了历史的丰碑上。

5. 七战七捷鲁西南

1946年6月26日，国民党反动派围攻中原解放区，公然挑起全国内战。

为策应中原野战军突围，8月10日，刘伯承司令员、邓小平政委指挥晋冀鲁豫野战军，秘密从菏泽、濮阳出发，越过敌军六十多里的纵深防御地带，突然向陇海铁路沿线敌人发起攻击。攻砀山，破兰封，克虞城，解放杞县、通许，破毁陇海铁路三百里，十二天歼敌 1.6 万余人，打乱了国民党军的南线进攻计划。

陇海战役迫使敌军不得不从追堵中原解放军的兵力中抽调主力增援。8 月 28 日，敌军从中原和华东战场调集三十万人，从东西两个方向兵分五路进攻鲁西南、湖西解放区，妄图以优势兵力钳击歼灭我军主力于定陶、曹县一带，进而占领鲁西南，打通平汉铁路。此时在这一战场我军主力仅有五万余人，敌我兵力之比为 6∶1，敌军装备精良，战斗力强。刘、邓决定，暂避东线徐州之敌，集中四倍于敌的兵力，寻歼西线郑州来敌。9 月 3 日下午，清一色美式装备的整编第三师被按我军计划的路线和时间，引诱至预定战场大杨湖一带。当夜，我军对敌发起攻击。经五天激战，围歼敌四个旅 1.7 万余人，活捉敌中将师长赵锡田。

大杨湖战役打破了敌人的西路大钳，东路部队并没有受到损失。东路邱清泉的新五军和胡琏的整编十一师均为蒋介石的嫡系，是国民党军的主力"王牌"，都是美械装备。刘、邓遂以巨野龙堌集为中心，以移动防御牵制新五军，在巨野南部章逢集地区围歼敌整编十一师。9 月 29 日战役打响，至 10 月 9 日结束，歼敌五千余人，重创两大"王牌军"。

巨野战役胜利后，我军主力转移至郓城、鄄城县北部休整。国民党军重新调整部署，于 10 月中旬召集八个整编师，分三路向嘉祥、巨野和濮阳等地进攻，再次企图围歼我军主力。刘、邓采取避强击弱战术，东路虚设战场，西路北进濮阳，寻机歼敌。

28日,探悉敌一部主力孤军深入鄄城南部一带,刘、邓当机立断,改变原来作战计划,南下回马鄄南,乘敌立足未稳,以四倍于敌的兵力,分割包围敌军。不到四十八个小时,全歼国民党军一一九旅及二十九旅八十六团,毙俘敌军八千五百余人,生俘一一九旅少将旅长刘广信。此役是解放军战争史上一次速战速决的模范战例。

11月初,国民党军再次调整鲁西南战场部署,集中重兵意图攻取晋冀鲁豫解放区首府邯郸,打通平汉线。刘、邓不理敌人的三路围攻,以部分兵力在鲁西南地区阻击、牵制敌军,集中主力采取"猛虎掏心"战术远程奔袭,从敌防御的间隙地直插敌防御纵深,发起滑县战役,进攻孙震集团指挥系统,吸引所属部队来援,在运动中歼敌。野战军各主攻纵队于11月15日秘密向西机动,部队一律轻装前进,马蹄用棉花、碎布包扎起来,昼伏夜行,迅疾无声。19日清晨,三大纵队同时向三路敌人发起突然袭击,仅用四天五夜,即歼敌一〇四旅全部、一二五旅大部及河北保安十二总队全部,解除了邯郸威胁,挫败敌军打通平汉线的企图。

此时华东战场攻势正紧,为配合华野进攻,12月30日夜,刘、邓主力越过黄河,经二百里急行军,突然向敌后方的巨野、金乡、鱼台地区发起进攻。我军采取大踏步进退的运动战,"攻敌所必救,消灭其救者;攻敌所必退,消灭其退者",向敌占区纵深挺进,转战六百余里,历时十六天,在连续运动中歼灭敌正规军三个半旅,连同地方团队共2.6万余人。这次彻底粉碎了敌人打通平汉路的计划。

1947年1月，国民党军又积极部署"鲁南会战"，调集五十三个旅向鲁南进攻，企图先击破华东野战军，再转攻晋冀鲁豫野战军。刘、邓发起豫皖边战役牵制敌军。1月24日，刘伯承率领路北作战集团的三个纵队解放定陶城，连克单县、曹县；邓小平率领路南作战集团的两个纵队于25日越过陇海铁路，攻克柘城、太康、鹿邑、杞县、亳城，歼灭国民党军整编第七十五师十六旅大部。2月11日，南北两作战集团向敌整编八十五师发起进攻，突入敌师部驻地郑庄寨，拖住王敬久集团。随后又将王敬久集团主力吸引到冀鲁豫腹地，打破其东进参加"鲁南会战"的计划。此役共歼灭国民党军1.6万余人，收复了陇海路南北广大地区。

2月底，我军北渡黄河休整待机。自1946年8月至1947年2月，在不到六个月的时间内，刘、邓大军在解放区军民的全力配合下，于东至津浦线、西至平汉线、南到陇海线的广袤平原上，以五万的兵力，与国民党三十余万兵力周旋，取得七战七捷的辉煌战绩，歼敌正规军十二个旅，加上地方顽杂军共十二万余人，在解放战争的历史上，谱写下光辉壮丽的篇章。

刘、邓大军在鲁西南平原左突右冲，南征北战，大步进退，纵横驰骋。这既是第一次与国民党军队在平原地带的正面较量，也为三大战役的发动进行了军事上的训练，更为强渡黄河、揭开大反攻的序幕创造了极为有利的条件。

邓小平说："冀鲁豫是个好战场，我军到哪里都有翻身群众支援，到哪里都有粮食吃。我军取得的胜利是和边区人民的支援分不开的。"

6. 刘邓大军过黄河

从 1946 年 7 月至 1947 年 6 月，解放区军民经过一年的内线作战，歼灭了国民党军大量有生力量，双方力量对比发生显著变化。国民党军队屡战屡败，士气低落，机动作战力量锐减，总兵力由 430 万下降为 373 万，其中正规军由 200 万减少到 150 万。解放军则越战越强，士气高涨，总兵力由 127 万发展到 195 万，其中野战军由 61 万发展到 100 万以上，装备水平有了明显提升，而且后方巩固。

蒋介石集团调整战略，将"全面进攻"改为"重点进攻"，集中兵力于陕北和山东两个解放区展开所谓"双矛攻势"，以图一举摧毁共产党在关内的政治根据地延安、军事根据地沂蒙山区及交通供应根据地胶东，然后再转移兵力用于华北和东北。联结两翼的中间地带冀鲁豫地区兵力相对薄弱，为弥补兵力不足的缺陷，蒋介石不顾黄河故道大堤失修、滩区群众尚未搬迁的现状，引黄河水回归故道，企图用黄河将冀鲁豫解放区一分为二，割断华北解放区、中原解放区、华东解放区的联系，将冀鲁豫野战军主力困在黄河以北，以"黄河水抵四十万大军"阻挡解放军南进，实行所谓"黄河战略"。

中共中央和毛泽东审时度势，做出"大举出击，经略中原"的决策，决定实施外线作战，将战争引向国民党统治区。

1947 年 3 月，蒋介石调集二十万大军，进攻陕北，延安形势紧张。

4月27日，中央军委和毛泽东同志指示晋冀鲁豫野战军预备船只，准备渡过黄河，跃进大别山。占据大别山，可以东慑南京，西逼武汉，南据长江，俯视中原，逼迫蒋介石调动其进攻陕北、山东的部队回援。

刘伯承、邓小平立即整训部队，进行形势与任务教育，开展立功、练兵运动，在军事上做好渡河准备。

鲁西人民则在"一切为了前线""一切为了胜利"的号召下，积极开展支前。河防指挥部设立七个航运大队，冀鲁豫行署将造船数日下达到沿河各县，要求东阿等十一县各征购苎麻三至五万斤用于造船，向长垣等沿河八县征调水兵、水手进行训练。

各地准备苎麻，到蒋管区采购桐油，挖铁路，凑钢材，昼夜奋战，赶造船只。仅范县就建造小船厂十个，修理旧船一百余只，造新船五十四只。台前县兴建了五个造船厂，沿黄河十里以内的群众主动把自家的大树砍伐，有的把家里的门板、老人的寿材板都献出来造船。

规模最大的孙口造船厂刚刚施工就被发现，国民党军的飞机在上空盘旋轰炸。造船工人冒着生命危险，将设备迅速转移到树木茂密的陈楼村西林带里，继续施工。木船造好以后，为防止国民党军的炮击和飞机轰炸，各船厂有的把船加上伪装藏在村子里，有的把船藏在地窖中。船坞离河远，没有水，为能顺利下水，他们给船安上轮子，渡河时用牛拖下水去。

鲁西沿河各县积极做好战勤服务。群众不顾自己生活困难，为部队准备了足够的粮食、柴草、油盐；妇女夜以继日地碾米、磨面、做军鞋；村民抢修道路，组织担架队、运输队，赶着大车，推着独轮车，日夜运送物资；各个临时兵站里，群众做饭、烧水、洗衣服，护理伤员，男女老少齐上阵。

黄河两岸还是重要的兵源基地。在四五月份掀起的参军高潮中，仅阳谷、南峰等十一个县参军人数就达 3.7 万，出现了妻送郎、父送子、兄弟相争参军的现象。整个沿河两岸，无处不是刘、邓大军的坚强后方。

渡河作战已成为黄河北解放区普通老百姓都知道的事儿，而南岸的国民党军还蒙在鼓里。邓小平后来说，国民党军不可能做到这一点，共产党长期联系群众办好事，依靠人民才能做到这样。

6 月 30 日 24 时，指挥部下达渡河命令。

二纵先遣队首先在孙口强渡。战士们乘十二只木船，船头架起机枪，精神抖擞，急速驶向南岸。在我军炮火的掩护下，战士还没等船靠岸，就下船蹚水，冒着敌人的炮火，踩着淤泥，直冲敌人的防御阵地。先遣队登岸后立即控制敌方防御阵地的火力，继而攻破严密布防的地堡群，为大军南进打开通路。

与此同时，在鄄城临濮集至东阿张秋镇三百里的河段上，各渡口舟楫竞发。在强渡中，水手们展开立功比赛。有的一个夜晚就摆渡十五趟、十八趟，甚至达到二十趟；有的驾船破浪前进，五分钟驶到对岸；有的负了伤，包扎一下伤口，继续摇橹撑船。

经过一日两夜的英勇奋战，12.6 万大军胜利渡过黄河天险，蒋介石苦心经营的"黄河防线"土崩瓦解。

消息传到南京，中外震惊。蒋介石得知后半天说不出一句话来。美国驻华大使司徒雷登惊讶地说："这简直是神话，简直像当年法国失守'马其诺防线'。"美国著名记者杰克·贝尔登在《中国震撼世界》一书中写道："我阅历过多次战争，但从来未见过比共产党这次强渡黄河更为高明出色的军事行动。"

蒋介石即刻抵达郑州调兵遣将，提出乘刘、邓主力立足未稳，将其逐回黄河以北或就地消灭的计划。

刘、邓将计就计，采取"攻其一点，吸其来援，啃其一边，各个击破"的战术，一面围攻郓城，吸引援敌北上；一面派部队向西南冒雨急行军一百八十里，直插敌军纵深，攻取定陶、曹县；又以部分兵力向南猛插到冉堌集、汶上集地区，待机割歼援敌。

7月10日，我军攻克郓城，随后以远距离奔袭，迅速将敌三个师分割包围。14日，发起六营集战斗，采取"围三阙一"的打法，网开一面，虚留生路，布下口袋阵，敌三个半旅及两个师部被歼。22日，歼灭金乡来援之敌。27日，全歼羊山敌军。鲁西南战役胜利结束。

自6月30日至7月28日，历时二十八天，刘、邓大军在鲁西南灵活转战，歼灭国民党四个整编师师部及九个半旅共六万余人，迫使敌

1947年6月30日夜，刘邓大军突破黄河防线。图为船工运送部队过河的情景

人从西北、山东等地抽调大量兵力向鲁西南驰援，彻底粉碎了蒋介石的"黄河战略"，打乱了敌人的战略部署，有力地配合了西北和华东我军粉碎敌人重点进攻的作战。

8月7日，刘、邓大军经过十天的短暂休整，从鲁西南出发，千里跃进大别山。从此，中国人民解放军由内线作战转为外线作战，由战略防御转入战略进攻，波澜壮阔的全国解放战争掀开了崭新的一页。

（五）众手托起新政权

鲁西人民尝试运用"豆选"方式，建立了中国有史以来从未有过的基层新政权。目不识丁的民众首次拥有了选举的民主权利，第一次真正成了主人。之后，根据地又建起了银行、邮政、商社、医院、学校等。农民翻身做主人，对中国共产党给予了发自肺腑的信赖和爱戴，纷纷支战支前，南下西进，保卫胜利果实，直至迎来全国解放。

1. 土碗里选出当家人

菏泽冀鲁豫边区革命纪念馆里陈列着一个粗瓷大碗，碗内有几十颗黄豆。这个普普通通的大碗既不是名窑名品，也不是历史珍品，但有着极不平凡的经历，因为它见证了中国基层民选政权的历程。

1942年6月，中央北方局发出《对目前冀鲁豫工作的指示》，要求边区党政军把发动群众作为中心工作。冀鲁豫区党委随即召开民运工作会议，决定在边区开展民主民生运动。冬天，运西地委派纪登奎带领干部进驻鄄城县旧城集，开展民运工作。

旧城集是一个有着八百多户人家、三千多人口的大集镇。纪登奎等人进村后，访贫问苦，扎根串连，由骨干到一般群众，由小组活动到组织农会，自下而上地发动群众。

1943年麦收前，万里专程来到旧城集了解民主民生运动，要求采取民主方式建立村级政权。

20世纪40年代的中国农村，绝大部分农民都是文盲，大字都不识一个。怎样写选票？如何谈选举？

困难难不倒中国共产党人。在最先进的民主形式和文化水平最落后的中国农民之间，中国共产党人独创了一种特有的民主选举方式——"豆选"。

1943年麦收后，鄄城县旧城集爆出了个稀罕事，村里的村长要村民选！自古官员都是官府派，哪里有老百姓选官的？这可是千年没有过的事儿！十里八乡的老百姓都拥向旧城集看热闹。

菏泽冀鲁豫边区革命纪念馆陈列的鄄城县旧城集"豆选"时的瓷碗

高高的戏台上，几个候选人坐成一排，面向台下的群众。每个人身后，都放着一个粗瓷大碗。本村的成年群众在上台前领一粒黄豆，排着队走上台，从候选人身后走过，看谁行，就把那粒黄豆搁到谁背后的碗里。

最后，谁背后碗里的黄豆多，谁当选村长。

这不是一粒普通的黄豆，这是一颗信任的黄豆，也是中国农民的第一张选票！这也不是一个普通的粗瓷碗，而是一个承载了信任的票箱。黄豆作选票，瓷碗作票箱，中国的民主建政首先从直选村长开始了！最初的民选村政权，就是从这个粗瓷大碗里诞生的。

万里和纪登奎主持了村长选举。邢淮濯当选为旧城集第一任民选村长，常海波当选为副村长。

选举结果公布后，群众像过节一样沸腾起来。他们抬着自己选出的当家人，吹着唢呐走遍全村。村长、副村长向全村人宣誓：誓死为全村老百姓办事，为人民做牛做马。

人民把信任的黄豆投给了他们，他们拿什么回报人民的信任呢？

他们奉献出了人生最宝贵的东西——生命。

牡丹区高庄镇的圈头村，曾是南华县抗日民主政府的中心，先后民主选出十二名村干部，其中十一人的名字刻在了革命烈士纪念碑上。

那一粒粒黄豆，不是通往荣华富贵的筹码，而是意味着牺牲和奉献！

通过"豆选"，中国共产党有效地推广了民主选举制度，赋予了广大民众选举的权利，实现了数千年来中国普通民众未曾有过的民主，摧毁了旧中国基层的政权形式，提高了敌后抗日民主政府的威望，也进一步扩大了抗日根据地。

2. 烽火中的鲁西银行

2018 年，几个商贩找到曹县韩集镇杨小湖村的杨见相，想高价买下他的一张旧木桌。老人坚持不卖："这是铁证，多少钱都不能卖！" ·张看似普普通通的桌子，何以让老人如此珍惜？

其实，这张木桌并不普通。它是抗日战争时期鲁西银行的遗物，斑斑的油迹见证了那段烽火硝烟的岁月，诉说着日军欠下的累累血债。

1943 年夏，银行来到仅有四百口人却有五十多名党员的杨小湖村。党员杨德轩主动让出两间房子供印刷所使用，并协助挖了地下室和秘密通道，上面盖上土，栽上草，严防外人进入。

印刷工人白天休息，晚上秘密印制鲁西南版一元钞票。冀鲁豫第五地委主要领导张承先、戴晓东、宋励华等时常在这里研究工作。有时夜里来人，往院里扔个瓦片，主人听到响声后就把门打开。由于防守严密、信息及时，敌人两次到这里抓共产党都扑了空。

9 月，日伪军调集一万余人对曹县西南"铁壁合围"。10月4日，日军推进到曹县西北一带，杨小湖村印钞点遭到破坏，机器、钞版被洗劫一空，只剩下散落一地的半成品票币和一张油迹斑斑的木桌。工人何友三、王彦坤被俘，遭受严刑拷打几乎丧命，但始终未向敌人泄露任何机密。指导员王凌霄只好到黄河以北领取新钞版，途中为保护同志和钞版安全，不幸殉职。

因为是银行的物件，杨德轩的儿子杨见相将这张木桌一直珍藏了七十多年，桌子上的油墨痕迹依然清晰可见。

鄄城县李进士堂镇田楼村地处黄河滩区，芦苇成荡，风沙弥漫，能见度低，交通不畅，便于隐蔽，正是印钞的绝好场所，因此成了鲁西银行的核心区和主战场。

群众像保护眼睛一样保护着印钞点。村里严格执行一条不成文的规定，出嫁的闺女回娘家，吃了午饭就走，一律不准留宿，以防将听闻到的情况泄露出去。

印钞点设在彭广谱家，二十多人昼夜连轴转。有时情况危急，群众就巧施妙计，装作发丧出殡，把钞票装进棺材埋在田地里，夜间再派人运走。敌人每次来"扫荡"，都是空手而还，悻悻离去。抗战胜利后，总行曾在此筹建鲁西银行印钞厂，职工达二百多人。

1941年6月，敌人"扫荡"微山湖地区，鲁西银行印刷所被迫从鱼台辗转到湖西抗日根据地的中心区单县。由于敌人频繁"扫荡"，印刷所依靠人民群众的掩护，边打游击边生产，四年中先后转移十余个村庄。1942年12月，日军纠集一万余人，对湖西抗日根据地"拉网合围"，湖西专署专员李贞乾不幸牺牲，印刷所人员夜间乘机冲出重围。

鲁西银行设立了六个印刷所，其中三个分布于现在的菏泽市，分别为鄄北二所、曹县西北四所、单县湖西印刷所。印钞点则星散乡间，藏身农家，设点搭建地下室，一村一室，一室一机。为保密需要，对外称"采买股"（二所）、"转运站"（四所）、"运输队"（湖西印刷所）等，有效地迷惑了敌人。

1943年起，菏泽已成为鲁西银行的主战场。作为红色政权的重要组成部分，鲁西银行以人民和经济发展为中心，与日伪军和国民党斗智斗勇，积极开展对敌货币斗争，逐步统一了根据地货币市场。同时，积极发放灵活多样的救济贷款，稳定物价，有力支持和促进了财政和农业的恢复与发展。

1946年，鲁西银行并入冀南银行，成为中国人民银行的重要一员，为新中国成立后的金融体系建设提供了宝贵经验。

五年多时间里，鲁西银行经受住日军无数次血雨腥风的"扫荡"，涌现出许多可歌可泣的英雄故事，也珍存了一批宝贵的实物和旧址。第四印刷所白寨一带印钞点的刘继成，被敌人开膛破肚，残忍杀害；湖西印刷所技术骨干安耀南到济宁购买材

曹县大傅庄村鲁西银行印钞所旧址（修缮后）

料，途中被捕入狱；印钞工人赵德让去砀山采购物资，被捕遇害。单县朱集镇芦集村挖出的一台印钞机现已移入单县红色湖西教育基地。曹县韩集镇张堂村费新会将一块印钞压板石捐赠给了冀鲁豫边区革命纪念馆，白寨印钞点李朝勋扮成卖"洋油"小贩使用的扁担也陈列在此；向庄村侯彩铭家的老院子立有一块冀鲁豫边区地下印币厂遗址石碑；大傅庄村傅敬荣家的一座百年老屋，如今挂上了鲁西银行印刷所旧址牌匾，被列为省级文物保护单位、菏泽市红色金融教育基地。

鲁西银行在硝烟弥漫的抗日烽火中，书写了红色金融史传奇而辉煌的一页。

3. 沙窝里的兵工厂

抗战初期，八路军武器匮乏，枪支弹药主要靠打仗缴获，很多部队两个战士才有一杆枪，只能配发三五发子弹。后来枪少弹少的问题日益严重，八路军就开始建立兵工厂，想方设法造枪弹。冀鲁豫军区各分区在濮阳、范县、观城、鄄城一带，都先后设立了兵工厂。

最初，兵工厂的主要任务是修理枪支。当时八路军手中大部分都是老掉牙的武器，部件损坏严重。就算仅是修理，也有很多困难，原料、设备、技术力量样样都缺，一个修械所的家当还没一个铁匠铺齐全。兵工战士土法上马，自力更生，根据地的老百姓踊跃支持，铁匠、木匠、小炉匠都成了兵工厂的技术人员。

冀鲁豫军区八分区的兵工厂设在范县陈庄乡杨庄村。生产武器需要木炭，当地百姓就专门种小麻，麻秸秆就是木炭原料。配药也是土办法，先挖一个大深坑，点燃麻秸秆放在坑里，填满再封上土；过段时间扒出来碾成细面，再按比例掺上硫黄、芒硝等就成了火药，导火索则是鞭炮捻子。

炼铁炉在村东头树荫下。没有鼓风机，技术人员研制了一个特大风箱，十二个人才能拉得动。开炉时附近村里的青壮年都来轮流拉风箱，最多时有近百人，一会儿就拉得满头大汗。

就是这个兵工厂，生产了大批地雷、手榴弹和枪炮子弹，源源不断供给冀鲁豫广大抗日军民。虽然是土法生产的武器，但威力不减。攻打鄄城时，兵工厂造了个大地雷，炸坏了敌人的城墙、碉堡。敌人惊慌失措，猜不透我们有什么秘密武器。鄄城被顺利攻克。

造地雷、手榴弹需要钢材，老百姓就去拆敌人的铁路，把钢轨拉回来。当地百姓平时都有个习惯：四处寻找日军飞机扔下的未爆炸弹。抗战后期，日军扔的哑弹更多。1944 年以前，造炮弹用炸药的主要来源就是抠哑弹。一直到抗日战争胜利前夕，八路军打下的县城越来越多，获得炸药的渠道逐渐增加，才停止抠哑弹炸药。

除了寻找哑弹，老百姓还四处捡爆炸后的碎弹片，收集起来重新铸造炮弹的弹体。一次，有个老大爷背个大麻袋来到兵工厂，松开麻袋口，哗啦啦倒了一地碎弹片，说："俺从东村找到西村，总算找着咱们的工厂了。这是我平时捡的碎弹片，原想打几把锄头，但眼下打日本要紧，还是先给部队做炮弹吧。"

1941 年至 1942 年，日军加强了对华北的强化治安运动，根据地大大缩小，兵工厂生产受到威胁，开始采取游击式的生产方法。兵工厂分散隐蔽在几个村里，兵工战士就住在群众家中。技术人员以修锅补碗为掩护，挑着工具担子走街串巷，流动装配产品。民兵、交通员乔装打扮，寻找部队交付使用。

武器生产多了，就分到各家各户保存。一次，盘踞在鄄城的日伪军出动大量汽车，全副武装直奔我兵工厂一带。军民闻讯后，一夜之间就把工厂的设备、产品，全部埋在了村外的沙窝里。工厂的同志都扮成老百姓，分到各家保护起来，敌人一无所获。

虽然日军经常"扫荡"，伪顽到处骚扰，但这一带是冀鲁豫边缘地区，敌人很难控制。1938 年黄河改道后没了大水，黄河河床上遍地黄沙，成了兵工厂天然的掩护条件。尤其在冬春季，沙区风沙大，白天也漫天黄沙，昏天黑地。身上三两沙，对面不见人，敌人来"扫荡"，经常在沙窝里迷路。再加上群众的保护，冀鲁豫军区的十几个兵工厂没有一个遭到破坏。

虽然环境艰苦，但兵工战士们却很乐观，自我调侃："平原兵工靠人民，沙窝深处可安家。"

1942 年，八路军正规部队的武器都换成了钢枪，告别了大刀长矛。1944 年夏，为配合攻打郓城，冀鲁豫军区兵工一厂日夜奋战，短短一个月时间，制造出二百发炮弹。在讨伐汉奸刘本功的郓北战役中，我军打得敌人胆战心惊、死伤惨重，取得了"横扫郓鄄二百里"的辉煌战绩。

1946 年春，冀鲁豫军区领导给兵工一厂下达了重要任务：

造大炮。为此组成了以技师盖亮为主的攻关小组。一切材料、零件都是就地取材，土法上马，因陋就简。经过两个多月的艰苦奋战，第一门大炮在沙窝兵工厂诞生。这门凝聚了无数人心血的大炮，被称为"盖亮炮"。

造炮成功的消息传到延安总部，朱德总司令专门发来贺电："我根据地兵工厂甚多，唯有冀鲁豫首开造炮先河，可喜可贺！应通令嘉奖！"

后来，兵工厂先后造出了七门大炮。它们随同我军转战南北，攻城夺镇，发挥了巨大威力。

其中的一门功勋炮，被陈列在中国人民革命军事博物馆。这门炮看起来外表粗糙，土里土气，但了解它的人，无不为炮身上那行简单的铭文"中国造盖亮式步兵炮"而自豪。这门诞生于冀鲁豫沙窝兵工厂的大炮，展示的不仅是我军的辉煌战史，更是根据地人民群众的智慧和力量。

4. 国民党中将的悔悟

1946 年 9 月的一个雨夜，大杨湖战役中被俘的国民党整编第三师中将师长赵锡田因负伤躺在解放区群众的担架上，一声不响。他一直想不通：为什么自己全副美式装备的整编第三师，会被装备低劣的"土八路"给打败了呢？

经过大半夜的颠簸，他到了解放军后方驻地。驻地工作人员挽留奔波了半夜的民工："雨天路滑，夜里赶路好摔跤，休息一下，天亮再归队吧。"

一位民工说："同志们牺牲流血，为咱打了大胜仗，咱还怕路滑摔跤吗？"

另一位说："我苦了一辈子，共产党来了，才翻身过了两天好日子。老蒋还想叫我儿子、孙子再苦一辈子，我不和他拼老命还等啥？"

几个人急匆匆喝了碗水，奔着枪炮响起的方向，消失在茫茫黑夜中。

赵锡田听着民工的对话，望着驻地来来往往的群众和奔流不息的运粮车，深深地叹了口气。

赵锡田一直纳闷：共军不抓壮丁，为什么一直兵源充足、战勤充实？

赵锡田可能不知道，他的整编第三师的官兵对老百姓干了些什么。

1946 年，战地记者陈勇进在《前线目击记》中记下了这样一个细节：9 月 4 日，大杨湖战役中，杨勇将军的部队驻东大张村休息。记者绕村一周，没见到一个老百姓。一个战士牵着群众的两只羊在村头放羊，伙房的同志将剩下的饭汤喂给猪圈里的猪。母鸡下蛋后咯咯地叫个不休，公鸡伸长了脖子在叫午。二营六连的战士在梨树下挖工事，树上的大鸭梨已经熟透，没人摘下来吃。枣树上的累累红枣同样没人动。菜园子里的大葱、白菜、南瓜茂盛地长着，房东的石榴树上，火红的石榴笑得咧着嘴。

当天下午，赵锡田整编第三师的军队退出了离东大张村三里远的西大张村。记者随部队到了西大张村，同样绕村看了一周：村里鸡没见到一只，只看到鸡毛在地上飞舞，一只大绵羊还没杀完就丢在那里。一个中年妇女蹲在地上不敢抬头，身边的老大娘说她被蒋军强奸了。

这样的军队，和被赶跑的日军有什么区别？

赵锡田更不知道，大杨湖战前，短短两周内，冀鲁豫五分区就有156650名翻身农民踊跃报名参加前线战勤工作。战役中，支前民工出动担架17000余副、大车5000余辆，连齐滨县的县长李荣村都亲自到战场抬担架。

谁是敌人，谁是子弟兵，拥护谁，反对谁，老百姓心中自然有杆秤。

1946年9月1日的晋冀鲁豫《人民日报》刊布了冀鲁豫行署抚恤、赔偿参战伤亡民兵及受损失群众的训令，规定：参战民兵与担架民众，在战斗与行途中负伤与死亡者，应予以抚恤，各级政府主要负责干部须亲到他们家中进行慰问，同时召开追悼会，以示悼念。对伤者予以治疗外（药费由政府报销），还应号召群众予以慰劳、慰问。牺牲及残废者，其家属均按军属（地方军）优待。为支援前线出差服役之牲畜死亡、车辆因战争损毁者，由政府根据当地市价（原则上不让群众吃亏）迅速赔偿，不得延误。

这与国民党军拉壮丁、杀牛羊、抢粮食，形成鲜明对比。

几天后，刘伯承、邓小平宴请赵锡田，赵锡田感慨道："几天来的见闻让我深有感触，我们不只是败给了贵军，更是败给了老百姓啊！"

邓小平一再告诫将士：老百姓不是注定要跟我们走的，

如果我们不能维护老百姓的利益，老百姓为什么不能跟别人走呢？

认准了共产党的老百姓，不惜牺牲一切来支援共产党的军队。人民把支援共产党的军队当作天职，要人有人，要粮有粮，节衣缩食，一切为了前线。

1946年7月至1948年8月，冀鲁豫全区担负战勤任务的总人口为726.39万人，大牲畜37.48万头，大车18.49万辆。两年共经历二十五次重大战役，民力负担折工计6517.67万次，畜力折工总计658万个，平均每个壮年出工90.4次。

有人算了一笔账：解放战争期间，仅在鲁西地区，定陶战役、巨野战役、鄄南战役、滑县战役、巨金鱼战役、豫北战役、鲁西南战役七场战役下来，歼敌16.99万人，动用人工3988万个，平均每歼灭一个敌人需要人民出工235个！

这是一串伟大的数字，其中没有留下一个人的名字，但他们有个共同的称呼：老百姓。

单县红色湖西教育基地陈列的支前用独轮车、太平车正是这些老百姓，一圈又一圈，汗珠掉在地上摔八瓣，碾米磨面；一袋又一袋，用车推、肩挑、背驮，将粮食送到前线；一次又一次，穿过枪林弹雨，爬过沟坎泥泞，将伤员从前线救回。正是这些老白姓，东援济南、南援淮海、北援天津，在广阔的华北大地上，用坚实的肩膀、粗壮的胳臂、厚实的脚板，推着小车，碾出一条胜利之路！

5. 八千里路云和月

1948 年秋，人民解放战争进入夺取全国胜利的战略决战阶段，国民党在长江以南的军事力量开始崩溃，地方政权亦随之瓦解。10 月 28 日，中共中央决定：老解放区抽调党员干部，随时准备随军前进开辟新区。1949 年 1 月，中共华北局决定从冀鲁豫边区抽调一个省的架子，包括 6 个地委、30 个县委、210 个区委共 3362 名干部随军南下。

冀鲁豫边区的党员干部百分之九十以上是农民出身。这些土生土长的农民干部，在抗日战争期间没有离开过这片土地，解放战争期间没有离开过这片土地，现在打跑了日军、打败了国军，正要建设家乡的时候，却要背井离乡，到陌生的地方战斗。

广大党员干部没有犹豫。冀鲁豫区党委喊出"一把手南下，二把手看家"的口号，组织干部南下。

郓北六区支前大队政委王瑞迎跟父母说要南下，母亲没有回答。土改刚分了十几亩地，家里缺乏劳力。身为党员的父亲对他说："你去吧，过两三年，给组织说一下，再调回来。"

父母卖了家里的粮食，换了九块钢洋给王瑞迎，送到村口，哭着说："常来信。"

郓城县委找到第二专署财政科会计谢培庸，问他南下行不行。他说："咋不行啊？你说咋办，咱就咱办，到哪里不是干革命啊。"谢培庸家都没回，从郓城直接到了菏泽。父亲听说后到菏泽看他，他对父亲说："你不用担心，弟弟不是在家吗？"

十六岁的谢养惠当时正在冀鲁豫干部学校学习，区党委决定抽调他南下，他怕父亲不同意，没敢回家告别就直接到了菏泽。他一直安慰自己："我南下了，哥哥还在家。"

东明一区妇联主任梁冀光和任东明县委宣传部部长的丈夫李冀峰同时南下。梁冀光早年母亲去世，哥哥在淮海战役中牺牲，家里只有一个老爹。准备南下了，夫妇俩把孩子寄养到老乡家里，三个孩子一家一个。临行前，梁冀光对老爹说："我这一走还不知道哪一年回来，还能不能回来……"老爹拄着拐杖，哭着摆摆手说："你走吧，妮儿。"

湖西地委三分区干事张瑞林要南下，母亲知道后迈着小脚跑了两百多里到菏泽找她。张瑞林怕见了母亲就不能南下了，于是找了一个男同志，对他说："你见了我母亲，给她弄点吃的让她走。"母亲没有见到她，留下一块自己纺线织的毛巾，抹着眼泪回家了。

1949 年 3 月 31 日，由 3960 名党员干部、2027 名战士共 5987 人组成的中国人民解放军第二野战军第五兵团南下支队，在菏泽晁八寨经过一个月的整训学习，高唱战歌，浩浩荡荡，整队出发了。

这些英雄的鲁西儿女刚刚钻出地道口打扫好自家的庭院，刚刚走出青纱帐睡上安稳觉，刚刚分得了土地成就"三十亩地一头牛"的梦想，和平的日子刚刚开始，幸福的生活刚刚开头。可在党需要的时候，他们毅然决然地告别了年迈的双亲，离开新婚的妻子，抛下幼小的儿女，义无反顾地踏上充满艰辛的未知征程。

5月4日，经过三十四天的长途跋涉，行程三千多里，南下支队到达景德镇，正式接管经略赣东北。

征粮剿匪，建立政权，维护秩序，培养干部，组织生产，支援上海……经过三个多月的紧张工作，这批北方干部很快克服了水土不服、饮食不习惯、语言不通、由熟悉的农村工作转向陌生的城市工作等困难，各项事业逐步走向正轨，赣东北渐渐展露出江南鱼米之乡的繁荣。

8月，赣东北区党委突然接到命令：移交工作，随二野五兵团进军大西南，接管贵州！

贵州是什么地方？"天无三日晴，地无三尺平，人无三分银""古名鬼地，蜂多蛇多"等等，一时贵州成了大家议论的中心。这批北方干部刚刚放下背包，适应了南方生活，准备扎根此地，就得打起背包西进，而且是去更加遥远、更加偏僻、更加陌生的贵州，思想不免起了波动。

南下支队副政委兼政治部主任、赣东北区党委宣传部部长申云浦到南京找到邓小平，汇报大家的思想，想请领导换一个地方。

邓小平发火了，难道贵州不是中国的国土？难道贵州的人民不是中国人民？他们不是在水深火热之中，不需要解放？

邓小平的话掷地有声："按照全国的战略部署，赣东北的干部必须随军西进贵州！区以上的干部，谁不愿去贵州，立即开除党籍！"

9月10日，一个月明星稀的晚上，在上饶市区的广场上，申云浦向全体同志做了西进动员报告。中旬，中国人民解放军二野五兵团西进支队正式组成，包括原南下支队全体成员共9331人。9月25日，他们踏上西进贵州的征途。

11月15日，我军解放贵阳，随后，接管干部进入贵阳城。都说贵州是天无三日晴，然而贵阳解放的这一天恰恰是个大晴天，贵州迎来了新的阳光。

一年的时间，南下西进支队先是经略赣东北，后又西进贵州，途经山东、河南、江苏、安徽、江西、湖北、湖南、贵州八个省，跨过长江，翻越雪峰山，走进苗岭，从北方到南方，从平原到高山，跋山涉水，行程八千余里，克服了前进道路上的种种困难，胜利完成中共中央赋予的挺进贵州这一光荣而艰巨的任务。

但这对于他们来说，还只是序曲，更艰巨的任务还在前面。建立政权，征集粮草，运送盐巴，调配布匹，剿灭土匪，开展土改，修建道路，建设城市，发展生产，从省、州到县、区，这些远道而来的北方人依靠当地群众，一点点，一步步，与各民族人民一道开辟出贵州的新天地。

多年以后，王瑞迎向组织申请调回老家，组织上说工作需要，就留在这里吧。王瑞迎什么也没说，终老贵州。

南下队伍走到安徽桐城，谢培庸碰到弟弟谢养惠。他知道坏了，弟兄俩都来了，家里没人了。两人商量好先不给家里说，怕父亲受不了。多年以后，父亲才知道哥俩都在贵州。

梁冀光的老爹临死时最后一句话是问她的叔伯兄弟："你姐回来了没有？"

1958年，母亲去世，张瑞林没能见她最后一面。七十年过去了，她一直珍藏着母亲为她织的那块毛巾……

对家乡的父母，他们未能尽孝，充满愧疚。面对云贵高原，他们把大爱洒满黔山苗岭。四十四人血洒赣东北，八十四人长眠在进军贵州的路上，包括二野五兵团官兵在内的四千多冀鲁豫子弟牺牲在剿匪战斗中。几乎全部南下干部都扎根大西南，奉献了自己的一生。

1949年，冀鲁豫区部分南下干部合影

当地人对这批鲁西根据地走出来的"新贵州人",有一个专门的称呼:南下干部。

鲁西南—赣东北—大西南,八千里路云和月,七十余载奉献情。这是一段催人奋进的征程,这是写满忠贞和奉献的人生之旅,这是一项前无古人、荡气回肠、彪炳千秋、永垂史册的丰功伟业,这是一次共产党人信仰的长征!

尼心藏妖怪姐姐

二

古人云："天下何以治？得民心而已！天下何以乱？失民心而已！"根据地的开辟与创立，不仅是占土地、占山头，更是拥有民心。其之所以能由小变大，深扎沃土，最关键的一点就是，共产党领导的人民军队严格执行"三大纪律八项注意"，帮助群众解危纾困，与人民群众同甘共苦，从而赢得了民心，形成了牢不可破的鱼水关系。在民族危亡的紧要关头，广大优秀的共产党人为了理想信念，卖房卖地，甚至倾家荡产，支援根据地建设和革命斗争；为了人民幸福，甘愿抛头颅洒热血，唤醒民众，共赴国难。人民与党心连心，人民与军队心连心，面对貌似强大的敌人，才敢于斗争，才勇于牺牲，以不屈不挠的意志和毅力，聚成了强大稳固的红色根据地。

（一）根据地的第一法宝

党自诞生之日起，就把"纪律"写在旗帜上，落实到具体行动中，贯穿到发展壮大全过程。"三大纪律八项注意"是群众纪律的缩影。中国共产党争取群众支持，赢得群众信任，就是从执行"三大纪律八项注意"开始的。严格执行群众纪律，处处维护群众利益，成为创建鲁西抗日革命根据地的第一法宝。

1. 杨得志的"三不准"

严明的军纪，是共产党领导的军队赢得民心的重要保障。奉命开辟冀鲁豫抗日根据地的杨得志，用"三不准"找到了打开鲁西民心的"金钥匙"。

1938 年夏，八路军——五师二四四旅代旅长杨得志接受开辟根据地的任务后，和旅政治部主任崔田民率领一百多人的队伍，开往冀鲁豫地区。1939 年 3 月 9 日，部队进入东明，与当地的两支游击队合编后，队伍壮大到两千多人，改称八路军冀鲁豫支队，将指挥部设在了东明县姚溪寨。

东明处于鲁豫交界处，地贫人穷，驻军少，土匪猖獗，许多村寨都建有防御性的土围子。冀鲁豫支队的队伍来了，群众一看是兵，吓得往围子里跑，把围子门关得紧紧的。围子墙筑得又高又厚，村民躲在围子里架起土枪土炮，挥舞着大刀长矛，高喊着不许靠近，靠近就打。

村进不去，进去了，门不给开，杨得志知道，这是敌伪顽杂反动宣传造成的结果。自古兵匪一家，要钱要粮，抓鸡牵羊，横征暴敛，欺侮妇女，走一拨又来一拨，老百姓都怕啊！再说，敌人把八路军宣传成"青面獠牙"的土匪，老百姓更怕啊！

八路军过来是开辟抗日根据地，保一方平安的，就是要多打鬼子，少骚扰百姓。

"不让靠近就不靠近，更不许攻打！"杨得志下达了命令。不仅如此，他严令部队除严格执行"三大纪律八项注意"外，再加上三条：过路不进村，进村不进家，喝水要交钱。合称"三不准"。

"老百姓和咱们不是一家人吗？咱出生入死，喝碗水还要付钱？"很多人表示从未听说过这样的事儿，心里既疑惑，又不甘。

杨得志语重心长地告诫说："井是群众出力挖的，开水是群众用柴火烧的，柴火也要费力捡、花钱买。喝水不付钱就是侵占群众利益。"

在群众都不理解的情况下，采取最严格的纪律约束部队，让他们全心全意为群众着想，才能赢得群众的理解和信任。

部队就在围子外的野地里埋锅做饭，打铺睡觉，对群众秋毫无犯。

围子里的群众把这一切看在眼里。渐渐地，村民打开了寨门，让八路军从村中通过，在村子里休息，还送上开水。

战士们喝了水纷纷付钱。朴实的群众惊讶了："哪见过这样的队伍啊，喝碗热水还给钱？"

官兵们解释道："我们是来和你们一起打鬼子、打汉奸、打土匪的。喝水交钱，损坏东西赔钱，是八路军的纪律。"

打鬼子就要来真的。早在开拔之前，朱德就对杨得志说过，鲁西南"司令"多如牛毛，对汉奸武装和反动分子，要毫不手软地予以严惩。

考城第三区伪军头目徐鹤鸣血债累累，杨得志率领第一大队活捉并公审枪决了他,震慑了附近的伪军及国民党顽固分子。群众拍手称快,当天就有三百多名青年报名参加冀鲁豫支队。

"杨司令的部队既讲纪律,又能打仗!"老百姓这下信了,对八路军刮目相看,纷纷竖起大拇指,"这支队伍真不孬!"

慢慢地,杨得志的部队在鲁西南站住了脚,扎下了根。

铁的纪律是战斗力的源泉和克敌制胜的法宝。在接下来的三个月内,杨得志采用奇袭战法,突袭金乡县白浮图日军汽车队,歼灭曹县国民党山东省党部书记李文斋反动武装一千余人,击溃虞城县伪军蔡洪范部一千余人,歼灭金乡县城日伪军二百余人、曹县和定陶县城反动武装两千余人,迅速打开了抗日局面,相继开辟了曹县、成武、单县接合部,民权、兰封、考城、曹县交界处等地区。

冀鲁豫支队在鲁西南地区一年多时间,发起大小战斗101次。一系列对敌作战的胜利,大大提高了八路军的威望。

菏泽冀鲁豫边区革命纪念馆

小小的"三不准",成为军队生命力和群众信任度的生动见证。群众对杨得志感佩不已,见了八路军就往家里拉。许多青年踊跃参军,队伍迅速壮大到 1.7 万余人。

2. 肖永智的"四不能"

"八路军是扛枪的农民,农民是拿锄头的八路军。"八路军一二九师东进先遣纵队政治委员肖永智用两个通俗而接地气的比方,说透了军民一家的鱼水关系,找到了严明军纪的充分理由,从而为凝聚鲁西北民心、开辟抗日根据地打开了新局面。

1939 年秋,肖永智和司令员李聚奎、政治部主任王幼平率队从邢台出发,到鲁西北地区开辟抗日革命根据地。

鲁西北地区的抗战局面错综复杂。抗战初期,日军所到之处,烧杀抢掠,无恶不作。国民党政权土崩瓦解,地方杂牌武装蜂拥而起,可谓"土匪遍地,司令如毛"。地方豪强扯旗招兵,以"保家护乡"为名,或打着"抗日"的旗号,各据一方,为王称霸。为解决粮饷薪俸,他们不断抢劫村镇,祸害百姓。日伪政权纷纷建立,实施"以战养战"。几方力量在同一块土地上交错争斗,打来打去,目标都指着老百姓的粮食口袋。外侮内乱,鸡犬难宁,人民群众生活在水深火热之中,避兵唯恐不及。

如何获得群众的认可、赢得群众的支持,成了肖永智必须面对的考验。

从 1938 年开始,共产党在冀鲁豫地区努力发展抗日力量,通常采取"三部曲"模式：进入一个新地方之前，先由敌工部开展工作，然后由八路军先打击一个日伪显要目标，唤起老百姓的抗战热情，树立威望，叫"打开局面"；接着，召开大会，建立抗日民主政府，如果谁敢跟新政府作对，八路就来"敲打"一下，叫"巩固局面"；如果作对的人多，八路军就多派几支人马，多驻扎一段时间，叫"稳定局面"。

先遣纵队的到来，对鲁西北地方党组织和广大人民群众是巨大的鼓舞。肖永智深感肩上的责任重大，立即着手抓好党的领导和政治思想教育工作。在抓好"三大纪律八项注意"的同时，他又提出了"四不能"：当兵做官不能滋生"军队老大"思想，行军打仗不能损坏群众庄稼，驻扎宿营天不亮不能叫老百姓的门，对房东不能不辞而别。

1939年下半年，肖永智带领筑先纵队三营到堂邑县西部的温集、靳家屯一带活动。一次夜行军到了一个村子，他怕惊扰了熟睡的百姓，传令下去："不能扰民，天不亮不能叫老百姓的门。"部队听令在街上露天席地而坐，直到天亮。第二天，他又特别交代官兵："住在老百姓家里，干部战士都要帮助房东挑水、扫院子。"部队出发时，他派人到各家告别，表示感谢，并亲自检查执行群众纪律的情况。肖永智的严格要求和身体力行，受到了部队官兵和群众的交口称赞。

1940年6月，先遣纵队和筑先纵队合编为新八旅，肖永智任政委。一次，新八旅召开大会，他讲到密切军民关系、整顿部队纪律时说："我们八路军是扛枪的农民，农民是拿锄头的八路军。我们打日军是为了老百姓，农民种地生产粮食也能供应部队，人民子弟兵吃饱了饭才能更好地打鬼子。现在有些战士在行军时踩坏了庄稼，驻下来马啃树皮，这样下去，就会影响军民关系。"浅显的话语，蕴含着深刻的道理。大家普遍反映说："肖政委讲话明白易懂。懂得了道理，我们就会发自内心地注意并改正一些不好的行为。"

严格的铁规，才能让队伍生威发力。在攻打莘县二区的一次战斗中，肖永智的部队一个晚上就连续打掉敌人四个据点。1941年4月，日军连续几次在平太路西进行"治安强化运动"，严重威胁着平汉铁路和太行山根据地之间的交通安全。部队战士斗志昂扬，踊跃请缨，在他的带领下，顽强斗争，力挫强敌，保证了冀南区和太行领导机关的交通联系。

"四不能"成为赢得群众信赖、保障队伍生命的四条"铁规戒律"。

3. 三请八路军

巨野县西南部的葛集、马楼、蒋海、徐堂、大李楼是五个相邻的村庄，抗战时期五村群众"三请八路军"的故事至今还在广为流传。

日军侵占巨野县城后，到处烧杀抢掠，五村决定找个部队当靠山。1939年春，国民党第七路军在附近驻扎，五村人找到他们，七路军满口答应，双方签了合作抗日保村协议。

五村人还没睡几天安稳觉，七路军就打着庆祝双方合作的名义，找上门来要东西了。鸡鸭牛羊、肥猪大鹅、烙饼馒头，见啥要啥，五村百姓暗暗叫苦。

没消停几天，七路军又派人进村了，要的东西比上次还多。一队兵扯着嗓子在村里抓鸡赶羊，调戏妇女。村里青壮年怒火中烧，差点抄家伙跟他们打起来，让老人们给死死摁住了："他们手里有枪，不能乱来！"

东西一时凑不齐，七路军天天派人来村里催要，五村群众苦不堪言。

不久，日伪军进犯葛集，七路军刚听到风声就准备跑路。日伪军还没进村，他们就跑得无影无踪了。葛集送信的人赶到七路军驻地，连个人影都没见着。

面对强敌，葛集护村自卫队组织全村老少拿起武器，依靠村内巷道与敌人周旋，马楼、蒋海等四村群众也闻讯赶来助战。经过一天激战，终于打退了敌人，但五村也有不少伤亡，代价惨重。

五村人正在心里痛骂七路军，没想到他们又回来了，照样耀武扬威。老百姓恼了：这七路军不帮忙打鬼子，就知道祸害老百姓！他们把寨门关死，再也不让七路军进村了。

过些日子，村外又来了一支部队，说是八路军冀鲁豫支队的，要求开寨门进村宣传抗日。老百姓一听急了："刚撵走了七路军，这又来了八路军！不管是几路，咱都不欢迎，谁也不能进村！"

八路军在寨门外贴了很多抗日标语，还拿着喇叭对着寨墙上的村民讲了一阵团结抗日的道理，然后喊着口号走了。村里好多人站在寨墙上，看到队伍整整齐齐的，和七路军有点不一样。

日伪军又来骚扰，几个村都接连吃了大亏。葛集护村自卫队领头人葛锡恩、葛心振、葛守才聚在一起，商议起关系本村生死存亡的大事。

有人说："撵走了七路，咱村还是不消停，今后咋办？"

有人指着南山墙说："咱就是大刀梭镖加几杆土枪，日伪军啥武器装备？我看还是要找靠山！"

找谁？这才是所有人关心的问题。

葛心振说："听说上次叫我们寨门的八路军在曹县打了胜仗，还夺了鬼子的大炮。还听说八路军不祸害百姓，是真打鬼子的队伍。"

大家议论半天，决定派葛守才去曹县探听一下情况再说。

几天后，葛守才风尘仆仆回来了，进门就说："见到八路军了，就在曹县青堌集！这八路军要是不穿军装，和老百姓根本就分不出来！一进村，就看见几个当兵的在拉锯，腰里还别着盒子枪。有扫院子的、挑水的、修篱笆的、烧火做饭的，可热闹了！说话也和气，连喝碗水都给钱。曹县人都说他们就是从前的红军，现在来我们这儿就是专打鬼子汉奸，保护老百姓过安生日子的。"

大家听完不吱声了，后悔上回不让八路军进村。

现在咋办？大伙七嘴八舌，都说应该尽快把八路军请回来。但又顾虑上次的事，拿不定主意。村里唯一有文化的葛锡恩一锤定音："别再说这些陈账啦，就这样定啦，请八路军来！我去写信。"

信写好后，十几名村民代表写上名字，按上鲜红的手印。葛守才带上信又去了曹县。

三天后，葛守才回来了，说部队转移了，把信给了当地百姓，他们答应会设法尽快转交。

等了几日没啥动静，村民急了。大伙又凑在一起商议："可能人家嫌咱庄太小，咱应当把马楼、蒋海、徐堂、大李楼都写上。反正几个庄一块开了几次会，大家都欢迎八路军快点来。"

于是又写了第二封信，五村知名人士联合署名，言辞更加恳切："诚望贵军速来我乡，剿灭敌匪，安定民心。"

这次葛守才送信回来满脸喜色，不光找到了八路军，信还送到了部队最高长官杨得志手中。杨得志亲口答应，部队很快就会开过来。

转眼一个月过去了，左盼右盼，还是不见八路军的影子。

1940 年 1 月初，村民得到消息，日伪军又准备进攻五村。大伙焦急万分，赶紧召集更多人，又联名写了第三封信。除了五村的代表，还拉来乡长签名盖章。

第三封信送去没几天，一天深夜，八路军"从天而降"。部队就在村外驻扎，睡在野地里。村民喜出望外，给他们送吃送喝，他们要么婉言谢绝，要么照价付钱，还说："这是我们的纪律。"

八路军迅速赢得了群众的信任，带领五村打日军、抗顽军，播撒革命的火种，建立起巨南抗日根据地，五大村也成了有名的红色"堡垒村"。

4. 棺材里的枪声

"砰！""砰！"

两声枪响过后，躺在棺材里的冀鲁豫军区骑兵团卫生队军医助理袁天祥永远闭上了眼睛。

20世纪三四十年代，许多盘踞鲁西南的伪顽匪杂都打着抗日的旗号骚扰百姓。老百姓见兵就躲，避如瘟神。

八路军东出太行，到冀鲁豫平原开辟抗日根据地。进村后，大家发现，村里常常是灶火还冒着青烟，所有人却都不见了踪影。为迅速打开工作局面，军队重申"三大纪律八项注意"，并宣布"三个不准"：不准私拿群众财物，违者杀头；不准向受蒙蔽群众开枪，违者杀头；不准污辱妇女，违者杀头。

由于水土不服，许多战士得了病。袁天祥十分着急，到处找药，最后找到一家私营药铺。由于老板逃跑了，袁天祥情急之下，拿了一些药。

外逃的群众见八路军不烧房子、不抢东西、不杀牲畜，逐渐又回到了村里。战士们和群众打成一片，帮助他们扫院子、挑井水、修篱笆、收庄稼，很快赢得了群众的信任与拥戴。

部队要开拔，药铺老板找到部队驻地，当着几百群众的面，跪在团领导面前说："我知道了贵军有'三个不准'，现在，你们有人偷了我养家糊口的药，请长官给我做主哇！"

团首长说："你先回去，我们一定会调查清楚。如果是真的，我们一定会按军法处置，并赔偿你的损失。"

战士们议论纷纷。有人说："得了病没有药，宁肯死了也不能拿人家的东西。"也有人说："袁医助救了我们多少战士！他违反纪律，又不是为了个人，是为了救战士的命。"两种意见尖锐对立。

军纪无信，必失民心。团党委召开紧急会议，一致同意执行铁的纪律。

团、营、连的指战员们纷纷求情。团党委坚定地表示，特殊的情况下必须执行特殊的纪律。

死刑命令还是下达了，可全团的干部战士谁也不愿意去枪毙一个曾经为革命立过功的同志。

袁天祥主动说："我侵犯了群众利益，应该执行纪律，不为难大家了。"他让卫生队的同志找来一把安眠药，毅然吞了下去。

团里准备了一口棺材。袁天祥自己爬进去，躺好等死。

公审大会结束了，群众都等着死刑执行。可是，躺在棺材里的袁天祥竟一直死不了——因为战友们不愿意他死，就在药里掺了假。

一时陷入了僵局。最后，七个团党委委员现场商定，由团长亲自执行枪决。

团长作战时曾受过伤，是袁天祥从战场上把他背下来的。此时，团长打开手枪的保险，眼含泪花，看着才二十出头的袁天祥。

袁天祥望着团长，淡定地恳求说："团长，送我上路吧。十八年后，我还跟您当八路军！"

团长问："还有什么要求吗？"

袁天祥说："别开除我，保留我的党籍和军籍吧！"

团长的眼泪夺眶而出。

他扭过身去，颤抖着手，艰难地朝棺材里扣动了扳机。

枪声伴着一千多名干部战士和在场群众悲怆的哭声，在平原的上空久久回荡……

七十多年后，当时的团党委委员、一营教导员杜连达老人回想起这一幕，依然泪流满面，泣不成声。

振聋发聩的枪声使民众真正认识到：八路军是一支纪律严明的军队，共产党是人民利益的坚定守护者！

（二）毁家率众赴国难

"天下兴亡，匹夫有责。"抗战时期，国难当头，鲁西共产党人挺身而出，前仆后继，积极投身抗日救亡的时代洪流，抛家舍业，卖房卖地，节衣缩食，毁家纾难，用自己的全部家产乃至宝贵生命，谱写了一曲曲感人的英雄赞歌，竖立起一座座不朽的历史丰碑。

1. 金谷兰的"铁蒺藜锤"

聊城市和高唐县博物馆都陈列着铁蒺藜锤，锈迹斑斑，似乎还留有血迹。一个看似普通的"铁疙瘩"，是做什么用的？为何会成为革命一级文物？

1927年末，中国共产党领导的山东农民暴动先后在阳谷坡里和高唐谷官屯举行。广袤的鲁西大地上，革命的火种开始毕毕剥剥地燃起。铁蒺藜锤的主人，正是高唐谷官屯暴动的组织者金谷兰。当时金谷兰制作了三百多个铁蒺藜锤，用来打恶霸、斗土豪、杀强敌。在战火的洗礼下，铁蒺藜锤成为鲁西人民反抗压迫、投身革命的象征。

金谷兰从聊城省立第三师范毕业后，于1926年加入中国共产党，成为高唐历史上第一个共产党员。按照组织的要求，金谷兰在农民中扩大党的队伍，发展武装力量。

高唐有个农民反抗军阀劣绅压迫的群众组织——红门。金谷兰认为红门成员有一定的阶级基础，可以改造为革命武装力量，便拜师入坛，在当地引起轰动。人们纷纷议论："人家谷兰在大城市念好了书，不去做官享福，又回到咱这穷窝里，准会闹出个名堂来。"

1927年，高唐爆发大范围蝗灾，百姓食不果腹，金谷兰将自己家中的一仓谷子全部分给红门会员和贫苦百姓，他和家人依靠地瓜充饥度日。在金谷兰的影响下，红门发展迅速。金谷兰采取各种形式向会员宣传教育，会员渐渐觉醒。金谷兰认为时机成熟，便提议改"红门"为"红团"，提出抗捐抗税、打倒土豪劣绅的口号，得到各坛拥护，被选为团长。

金谷兰在红团中发展了党员，建立起高唐县第一个农村党支部。在党组织的领导下，这支农民武装明确了斗争方向，活动由以前的设坛、烧香、练武，变为镇压土豪劣绅、开展减租减息和没收土豪劣绅财产等斗争，先后除掉了张合、李德荣、于大妮等土匪，镇压了一批罪大恶极的土豪劣绅，声威大振。不到一年时间，以谷官屯为基点，红团发展到附近二十五个村庄，达一千多人。

红团壮大后，最急需的是武器。总不能扛着锄头闹革命吧？金谷兰和妻子商量，把刚刚种上高粱的十八亩地卖了四百八十块现洋。当时洋枪难买，这些钱又买不了几支，怎么办呢？他参考古代兵器，设计出了铁蒺藜锤。它重一斤二两，看上去很像一个长满铁针的甜瓜，上面铸有三排铁刺，中间有圆孔，装上木柄，拴上带子可背在身上。这种武器携带方便，近身搏斗时威力极大。金谷兰在济南请人铸造了三百多个铁蒺藜锤，又买来四百支长矛、四十把大刀。

在金谷兰的带领下，红团的副团长靳光荣捐了138块大洋，不少党员和红团团员也纷纷捐钱，红团的武器有了着落。

金谷兰卖地造铁蒺藜锤的消息传遍了千家万户，更多的穷苦百姓跟随金谷兰闹起了革命。农民运动很快在高唐、夏津一带形成燎原之势。

高唐城北十里铺一带，许多农民淋盐为生，饱受盐巡的敲诈勒索、要挟盘剥。金谷兰带领盐民进行抗捐罢税斗争。1928年4月，六个盐巡来到谷官屯小学校园内，企图刺杀金谷兰，被红团团员用铁蒺藜锤砸死。受红团抗暴除霸影响，谷官屯一带农民揭竿而起，建协会，打土豪，分田地，红团很快发展到三千多人，威震鲁西北平原。"金谷兰铁蒺藜锤"闻名于高唐、恩县、夏津、武城一带，成了穷人运动的一面旗帜。

此时，北伐军到达泰安、长清一带，军阀张宗昌在山东的统治摇摇欲坠，中共鲁北特委决定于 5 月 4 日在谷官屯举行暴动，建立工农苏维埃政权。特委书记李春荣到谷官屯和金谷兰一起筹备。暴动前，金谷兰的妻子袁子孝拿出结婚时陪送的红绸子，精心绣制了一面镰刀斧头的大红旗，准备将它插在高唐县的钟鼓楼上。

然而，暴动的消息被大地主、土匪李金海窃知，密告了高唐县县长张连生。张连生即派县警备队和土匪头子李长兴等人，组织武装力量，于 5 月 4 日拂晓包围了谷官屯。

此时，尚未到暴动规定的集合时间，红团团员大都散住在自己家中，敌人进村很长时间才察觉。

枪声打响，红团仓促应战，只好边打边撤。金谷兰、李春荣将文件和行动计划烧掉，组织突围。激战中，特委书记李春荣、副团长姜占甲等十一人壮烈牺牲。特委、团部所在地及金谷兰的家被敌人放火焚毁，指挥机关被破坏。谷官屯暴动失败。

金谷兰继续组织秘密斗争。1928 年 9 月，金谷兰在其岳父家中时，被县警备队包围。警备队队长知道金谷兰是神枪手，不敢进屋搜查，便将其岳父抓起来作人质，又以放火烧村相威胁。金谷兰不忍心连累岳父和乡亲，从容走出屋外，说道："我就是你们要找的金谷兰。你把人放了，我跟你们走一趟！"

被捕后，金谷兰在狱中受尽酷刑，但他坚贞不屈，写下《狱中杂诗》，表明自己的革命信念：

工农闹革命，端在坚与贞。

冻死迎风站，饿死不出声。

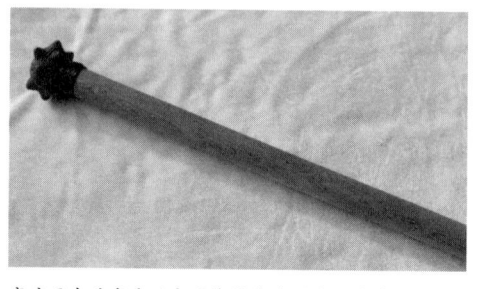

高唐县中共高唐历史展览馆内陈列的铁蒺藜锤

官谷屯暴动虽然失败了，但由金谷兰点燃的革命烽火在鲁西大地长燃不熄，此起彼伏。铁蒺藜锤唤醒的民众，形成了一股势不可挡的磅礴力量，汇入大革命的洪流，在鲁西大地上，上演了一个个可歌可泣、气壮山河的故事。

九十多年过去了，打恶除暴闹革命的铁蒺藜锤如今陈列在聊城市博物馆和高唐县博物馆里，载负着历史的沉重，又在后人的不断追寻中激荡出鲜红的革命记忆。

2. 梁彻仟的"窝窝队"

鲁西南大地上一度流传着很多抗日歌谣，其中有两首至今还在传唱。

三月里来三月三，运西有个梁彻仟。

他同杨勇肩并肩，抗日反伪有贡献。

老区长，梁秀松。

骑毛驴，戴眼镜。

倾家荡产闹革命，年高六十又出征。

儿子当县长，老子听命令。

抗战杀敌人，梁家父子兵。

这两首歌谣唱的是抗日战争时期郓城县的一对父子。父亲梁秀松，曾任郓城六区区长；儿子梁仞仟，是郓城县抗日民主政府第一任县长、鲁西抗日自卫团"窝窝队"的创始人。父子二人双双上阵齐抗日，掏空自家为人民。

梁仞仟，郓城洪王庄人，1935年加入中国共产党，1937年7月从济南回到家乡。

梁仞仟向父亲介绍了当前的形势，阐述了共产党的抗日主张，梁秀松老人当即表示，没有国哪有家？毁家纾难，在所不惜。在得到家人的支持后，梁仞仟联络地方零星共产党员，培养抗日骨干。1937年9月底，郓城县第一个党支部洪王庄党支部在梁仞仟家中成立，梁仞仟任党支部书记。1938年1月，郓城中心县委也在梁仞仟家中成立了。

为组建抗日武装，培养抗日骨干，中共郓城中心县委决定以鲁西抗日自卫团的名义，举办三期训练班，梁仞仟亲自担任教员。

培训班每期三四十人，三期就是一百多人，吃住也是一笔大开销，梁仞仟为钱发了愁。

年近花甲的梁秀松看到儿子犯难，主动提出要做儿子的粮库主任。老人送来了五千斤高粱，又发动其他乡绅凑够八千斤口粮，保证了训练班按时开课。

1938年春天，郓城县飞哲集一处小院里，聚集着头顶破毛巾的老农、学生模样的年轻人和精壮干练的中年人。三四十人或蹲或坐在地上，认真听梁仞仟宣讲抗日形势和任务。

环境艰苦，生活困难，梁仞仟和学员们挤在三间破屋里，没有床铺，他们就铺麦秸，枕砖头；粮食短缺，他们就一天三顿啃黑窝窝，蘸盐水。吃住虽艰苦，但学员们热情高涨。除了集中上课和军事训练，他们还走出课堂，进入村庄，发动群众，宣传抗日。以洪王庄为中心，十几个党支部和党小组迅速成立了。

训练班轰动了全村，颓败的墙头外，每天都有前来打听观望的村民。群众听他们讲的都是打日军的事，又见他们顿顿吃黑窝窝，就叫他们"窝窝队"。"窝窝队"的称呼，就这样一传十、十传百，迅速传遍了鲁西大地。

训练班结束，梁仞仟从"窝窝队"中精选出三十名骨干，建立了由共产党领导的郓城县第一支革命武装——抗日自卫团小分队。

1939年3月，八路军第一一五师代师长陈光、政委罗荣桓率部到达郓城。梁仞仟向他们讲述了日伪军占领郓城后犯下的滔天罪行，建议打掉樊坝伪军据点。陈光和罗荣桓采纳了梁仞仟的建议，让杨勇为团长的六八六团承担了这一任务。梁仞仟又抽调自卫团的骨干充实到六八六团，他本人既做向导，又亲自参加战斗。樊坝一战，毙俘伪军五百余人，缴获机枪十三挺。

1939年9月，郓城县各界代表召开大会，梁仞仟被选为郓城县抗日民主政府第一任县长，父亲梁秀松被选为区长。父子同时被民选为抗日干部，一时传为佳话，群众称他们是"抗战杀敌人的梁家父子兵"。

梁秀松老人先后卖掉家里八十多亩地，以维持鲁西抗日自卫团的给养。他还在儿子的带领下，接受党的委派，打入敌人内部，为革命积聚力量。

1939 年 11 月，国民党掀起反共高潮，四处搜捕共产党员。12 月底，梁秀松被捕，在一个大雪天英勇就义。

1940 年，梁仞仟被选为中共七大代表，他和杨勇、徐运北等一同奔赴延安。1941 年 9 月，积劳成疾的梁仞仟在延安病逝，年仅二十九岁。

父子二人双双为国捐躯，没能听到他们期盼已久的胜利的号角。但由梁仞仟创建的"窝窝队"不断壮大，被编入八路军主力部队，走上抗日战场，见证了胜利的荣光。

3. 李贞乾的"战士之家"

1942 年 12 月 21 日傍晚，单县朱集镇张花园村的张学昌家，一匹大黑马满身血迹狂奔而至，围着院里的马槽哀鸣几声，绝尘而去……

张学昌号啕大哭："李专员没了！"

战马的主人李贞乾，江苏丰县李新庄人，湖西专署首任专员，是湖西革命根据地的主要创建者与领导者之一。

1938 年 5 月，丰县沦陷，李贞乾在李新庄组建起六十多人的抗日游击队。6月，湖西地区第一支统一的抗日武装——苏鲁人民抗日义勇队第二总队成立，李贞乾任总队长。7月初，二总队在单县边境马良集附近公路两侧的高粱地里，与日军周旋两天两夜，毙伤日军六七十人，击毁汽车两辆，缴获大批武器，打响了湖西抗日第一仗，极大鼓舞了湖西群众的抗日斗志。

首战告捷后，李贞乾率队又在华山、黄庙、河口、旧城、鱼台等地重创日伪军。青壮年纷纷参军参战，二总队迅速扩编到二十九个大队、五千余人，成为驰骋湖西的抗日劲旅。

队伍越来越大，武器装备紧张了。李贞乾把家族的枪支、粮食、马匹全都捐出来，又卖光自家的二十一亩水浇田。他动员家族亲人参加抗战，"路死路埋，坑死坑埋"，决心与敌人血战到底。李家二十六口人，上自年逾花甲的父母，下至七八岁的孩子，都加入了抗战队伍。

1938年7月，中共苏鲁豫特委在李贞乾家宣布成立，李家大院成为湖西地区的革命中心和抗日基地，随时都有干部战士来来往往。大家来了就能吃上热饭菜，睡个安稳觉，都说："李队长家成了我们的'战士之家'啦。"

李贞乾的母亲带着家人，从早到晚为战士们操办饭食。妻子师秀文针不离手，替干部战士缝补衣服。李母出身丰县大户人家，家里田卖光了，积蓄用完了，她就回娘家借钱借粮。次数多了，最后竟被娘家人拒之门外。李贞乾更是处处节俭，夏天赤脚单衣戴斗笠，一套旧军装补丁摞补丁。

1938年秋，趁李贞乾率部南下作战之机，千余日伪军携带重炮"扫荡"李新庄。当时只有李贞乾的二弟李坤若率领的区中队七十余人留守，他率队拼死抵抗，壮烈牺牲。

敌人放火烧了李家大院，李贞乾的母亲等二十一位亲人被捕。敌人残忍地割下李坤若的头颅，挂在常店据点的寨门上示众，并派人劝降李贞乾，扬言"如果不缴枪投降，就把他全家人烧死"。

李贞乾斩钉截铁地回答："我心疼亲人，但更恨侵略者！就算牺牲全家，也决不投降！"敌人恼羞成怒，活活烧死了他的四弟李秉公。

1941年3月，李贞乾被选为湖西专署首任专员，秘密驻扎在单县朱集镇张花园村。他带领边区抗日军民内恤百姓，外御强敌，创建了下辖二十二个县、方圆近四百公里、面积一万多平方公里的湖西抗日根据地。老百姓编了歌谣传唱："李贞乾，李贞乾，群众选出的好专员。卖家产，买枪弹，专打鬼子和汉奸。"

1942年12月，日伪军一万余人对湖西根据地实行"铁壁合围大扫荡"。21日，李贞乾带领专署机关转移至单县马桥时，遭遇敌人三面夹击。当时我军武装力量只有一个连，李贞乾命令军事科科长率领两个排，带领群众和伤员向敌人力量薄弱的东北方向转移。

大家不走，说："李专员，人走了，谁保护你？我们要和你一起战斗！"

李贞乾严厉地说："这是命令！你们快往东北方向转移！"

说完，李贞乾率部分战士向西北方向冲去。一时枪弹如雨，坐骑大黑马突然被打伤，李贞乾跌落下来，鲜血浸透了军装。

他站起来，率领大家继续冲杀。敌人集中炮火向他轰击，李贞乾多处中弹，壮烈牺牲，年仅三十九岁。

下午，敌人还未撤退，当地老百姓冒死赶赴战场，救走负伤的同志，掩埋牺牲的烈士。一位农民连夜把李贞乾的遗体背了回去，安葬在村子西南地里。

第二任湖西专员郭影秋含泪为战友写下挽联，寄托哀思：

五年来栉风沐雨甘苦同尝，论抗日论锄奸论团结论建国，论齿为兄论学为师，大业将成殚耗竟传华北。

一霎时泣鬼惊神云天痛隔，其政绩其战果其嘉言其懿行，其功足立其德足垂，红星忽陨典型永著湖西。

李贞乾和两个胞弟相继为抗日战死，连同后来在解放战争中牺牲的六弟李秉亮和两个堂侄，一家六口为国捐躯，可谓满门忠烈。

李贞乾的牺牲激起湖西军民更强烈的抗日斗志，更多的群众加入抗日队伍。二总队相继改编为八路军山东纵队挺进支队、八路军一一五师苏鲁豫支队，后转隶新四军第三师第七旅，成为新四军的铁军主力。1945 年挺进东北，从白山黑水一直打到海南岛。

无数曾在李家大院炕头上吃过热乎饭的战士前赴后继，血染沙场。他们中的大多数都没有看到新中国的黎明。曾经的"战士之家"，成为湖西大地的"烈士之家"。1943 年惊天地泣鬼神的"刘老庄连"八十二烈士，就有不少来自义勇队二总队的战士，但他们大多都没有留下姓名。当地百姓在掩埋烈士时，让他们头向北，永远朝着家乡的方向。

2014年，李贞乾和"刘老庄连"均入选全国第一批著名抗日英烈和英雄群体名录。2015年9月3日，在纪念中国人民抗日战争暨世界

单县湖西革命烈士陵园内李贞乾烈士墓

反法西斯战争胜利70周年阅兵式上，"刘老庄连"为挂枪方队参加阅兵，高举旌旗走过天安门，接受党和人民的检阅。

李贞乾牺牲后，房东张学昌把当年的马槽视为珍宝。临终前，他再三叮嘱家人："啥都可以丢，这个马槽不能丢！"后人把马槽盖到了屋子里，又保存了几十年。

2019年，听说单县要建红色湖西教育基地，张家扒掉房门，把马槽捐赠给了展览馆。石槽被安放在"血战马桥"的油画前。历经岁月沧桑，战马槽又回到了战马和主人身边。

4. 刘齐滨的"救亡饭店"

炊烟自曹县刘岗村的一家厨屋一次次升起，又随风袅袅吹散。

女主人倪巧云在灶台上忙活，五岁的儿子帮着烧锅，院子里不时传来一阵阵爽朗的笑声。

1938 年初，曹县县委决定把工作重点放在县城、曹西北、曹东南三个主要地区，在曹西北活动的同志就吃住在刘齐滨家里。冬天，日军侵占县城后，县委机关的部分同志搬到他家里办公，在他家往来吃住的人就更多了。1940 年 8 月，刘齐滨被选为曹县抗日政府第一任县长。之后，为开辟鲁西南抗日革命根据地，党派来的大批干部和抗日救亡同志云集曹西北，杨得志、戴晓东等许多老同志也经常在这里工作和生活。

"我的小家庭里的成员都是革命大家庭的成员，所有来我家的同志也都是我这小家庭的成员。"刘齐滨常对家人和同志们说。

一天三餐自然就落到了女主人倪巧云身上。同志们从事革命活动，出入无定时，不管严寒酷暑，不论白天黑夜，只要一到家，她就把洗脸水送过去，接着便生火做饭。往往是这几位同志刚撂下饭碗，还没有来得及收拾，另外几位又进门了，有时一来就是十几位甚至几十位。她总是撩起衣襟擦把汗，又火急火燎地做饭去了，常常一天做七八顿饭，灶膛的火一天到晚不熄。他们的家，成了县委的"机关伙房"和名副其实的"救亡饭店"。

为了经营好这个"饭店"，倪巧云带领全家齐上阵，公公、婆婆、儿子和外甥女都成了"服务员"，种庄稼、打粮食、推磨、捣臼、拾柴、砍柴、烧锅、做饭……他们没黑没白、无怨无悔地劳作。

有一次，刘齐滨的父亲刘彩云去赶集，粮食没买到，却捡了一堆别人倒掉的烂杏回来。他把杏仁一个一个砸了，因为患有眼疾，眼神不好，竟把手砸破了，还笑呵呵地说："能让同志们吃上腌杏仁儿，值呢！"

刘齐滨为掩护身份开办了消费合作社，微薄的收入全投进去了，地里打的粮食也不够。这么多人来往，吃穿铺盖一应用度都需要他们解决，这个家怎么负担得起呢？

一天，同志们吃饱饭各干各的工作去了，倪巧云悄悄走到刘齐滨跟前，轻声地说："咱的粮食快吃完了，咋办？"

"不是还有几棵树吗？卖了，不就有钱买粮食了吗？"刘齐滨毫不犹豫地说。

第二天，同志们一来到，香喷喷的小米饭又端了上来。

过了一阵子，倪巧云又问："粮食又快吃完了，咋办啊？"

"借！"

"亲戚朋友都借过了，不借能撑这么长时间吗？"

是啊，如今日军横行，谁家生活不困难！亲戚朋友又有多少多余的粮食往外借呢？弄不到粮，同志们吃什么？刘齐滨作难了。他屋里屋外、房前房后看个遍，除了破烂家什和一点农具外，再也找不出可卖的东西了。

"借不着，那就卖地吧！"

仅有的三亩地卖了，"饭店"又照常门庭若市，灶火通红。

开始，一家人还和同志们一起吃饭，渐渐地就和大家分开吃了，大家都没在意。有一次，正当大家边吃边谈，有说有笑，王建民和沈建华忽然发现，刘齐滨全家吃的都是野菜稀汤，同志们吃的却是玉米和高粱面饼子。看着这一幕，两个人哽咽了，泪珠子簌簌地滴落到碗里。

省着吃—借着吃—卖着吃，倾家荡产也要保障灶膛"不熄火"、后勤"不熄火"，刘齐滨的"救亡饭店"就是用这样的"三部曲"，温暖着每一位革命同志的心。他的家被大家称作"共产主义的大饭店，革命征途的加油站"。

由于日军活动猖獗，得经常转移驻地，刘齐滨的家也跟着东搬西挪。一次，全家刚转移到孙庄安置好，突然接到报告说，敌人偷袭刘岗扑了空，没抓到人，就把他家的房子烧掉了。

得知邻居家的房子没有烧，刘齐滨笑了："只烧了我一家的房子，群众的财产没损失，这就值得庆贺！烧了房子和东西，以后再东奔西跑闹革命，就省得牵挂家啦！一把火烧掉了一个包袱，不又是值得庆贺的吗？"

遮风挡雨的家没了，"救亡饭店"也没了，但在他的影响下，刘岗村一带家家都办起了"救亡饭店"，成了"根据地中的根据地"和"抗日斗争的红堡垒"。

1941 年 5 月，刘齐滨任冀鲁豫边区第三专署首任专员。他一直带病坚持工作，日夜操劳，瘦得皮包骨头，时常吐血。专署根据他家的情况，决定救济三百斤小麦，他知道后坚决拒绝。1942 年 4 月 15 日，刘齐滨终因营养不良、劳累过度、肺病加重，与世长辞。

弥留之际，他让倪巧云托扶起自己的头，用尽最后的力气安排后事："我死后，不要搞什么仪式，埋了就行。不要花公家一分钱。在院里烧锅开水给同志们喝，也等于为我送行了……"

大家遵照遗嘱将他安葬。

时隔数月，当地群众得知消息，坚决不同意，强烈要求为他举行隆重的追悼会。追悼会当天，数千人白发从四面八方赶来，哭声震天。每个人都流着热泪，端着一碗清水，呼喊着他的名字……

5. 问君杨花可曾开

曹县一个叫王韩寨的村子边，一座翠柏、白杨掩映的坟墓格外醒目。每到春天来临的时候，高大的杨树上挂满了杨花，微风吹过，纷纷飘落，仿佛滴滴眼泪从天落下……

墓地的周边大都被松柏掩映，为什么偏偏这里生长着高大的杨树呢？

原来，这里长眠着著名抗日英烈王石钧。高高的杨树诉说着一个悲壮、惨烈、催人泪下的故事……

1941 年 1 月，日军中国派遣军总司令冈村宁次集中兵力，对我华北抗日根据地频繁实行"清乡""扫荡""蚕食"，推行"治安强化运动"，抗日根据地处于极端艰难的境地。这年 5 月，鲁西南抗日革命根据地创建人之一王石钧出任曹县抗日民主政府第二任县长。

由于天灾兵患，1942 年还没开春，许多群众就断粮了。救灾成了王石钧的心头大事。他一边要求县机关和部队人员节减口粮发给灾民，一边组织机关和军队抗灾救民。

鲁西南平原的村头沟沿路边生长着不少杨树、槐树和榆树。"熬到杨花开，小命保下来"，每到灾年青黄不接的时节，俗称"杨巴狗子"的杨花就成了老百姓的盼头。"杨花开完槐花开，榆钱开罢新麦来"，这些次第盛开的花虽然算不上美味，但无毒能食，勉强可充饥保命，因而成了老天爷赐给穷人的"救命粮"。王石钧命令部队战斗时不许打这些树，要保护好老百姓的"口粮"。

　　然而仅靠这些杨花、槐花、榆钱，还是有上顿不接下顿的时候。王石钧又设法筹集粮食，在受灾最严重的鹿庙村等几个村庄垒起大锅灶，煮粥救济老弱病残。

　　王石钧的家里也揭不开锅了，孩子饿得撑不住，对母亲说："娘，俺爹是县长，听说在附近村里给大伙发粥，俺也想要碗粥喝。"媳妇深知王石钧的脾气，一声没吭。

　　大伙说："三年前，为了给八路军伤员治病，石钧把你家的牛都卖了。现在饥荒了，孩子去要碗粥喝，难道不应该吗？"媳妇想想也是，就领着孩子去找王石钧。

　　到了鹿庙村，王石钧正在一口大锅旁一边掌勺分粥，一边提醒着大伙不要拥挤。孩子兴奋地张口要喊，被娘一把捂住了嘴。她扯着孩子，随着人流排在队伍后面。

　　终于轮到了，孩子兴奋地捧上碗，高兴地叫道："爹！"
　　王石钧握着的勺子一下停在了半空中。
　　媳妇低声说："大人能忍，孩子饿得实在受不住了。"
　　看着骨瘦如柴的母子，王石钧半天没有说话。
　　最后，他摇了摇头，把勺子交给伙伴，拉着母子离开队伍，对媳妇说：“这个村受灾比咱村重，连杨巴狗子都吃光了，救济粮只有一点，这粥咱能喝吗？”

媳妇再没有说什么，眼噙着泪花，背起孩子回家了。

这一年曹县大旱，夏天遇上蝗灾，秋天发生涝灾。王石钧带领干部群众捕蝗虫，排积水，救庄稼，济灾民，共产党政权管辖内的灾区，在罕见的大灾之年，没有饿死一个人。

前一年的灾情导致1943年的春天断粮更早，过完春节不少群众就揭不开锅了。3月，日军分七路“扫荡”曹县、东明、菏泽。王石钧牵挂着根据地群众的生计，坚决不撤退，亲率县基干大队，一边坚持腹地斗争，一边带领群众设法度饥荒。

初春时节庄稼刚刚返青，地里能吃的野菜都挖光了。王石钧能用的办法都用了，但断炊的人还是越来越多，有的村都开始吃树皮了。王石钧与老百姓一样，眼巴巴地盼着杨花快快开，能早点接济一下。

3月下旬，王石钧又筹集了些钱，打听到东边几十里外的县城有卖粮食的，便准备去一趟。同志们说，日军正在东边一带活动，太危险了。王石钧坚定地说：“不行！咱们的政府不能眼看着老百姓饿死！只要能搞到粮食，冒点险也值！”

3月27日，在青岗集东聂楼村附近，买粮的一行人和日军一部遭遇，被敌人团团包围。由于敌众我寡，激战中王石钧中弹被俘。日军把他押上汽车带往城里。王石钧瞅准时机，跳车逃跑。日军开枪将他射倒，又下车对他连刺数刀，扬长而去。

他被群众抬回村抢救，但终因伤势过重，生命垂危。昏迷中，王石钧又一次醒过来，气息微弱地问道：“杨巴狗子……

曹县鲁西南烈士陵园内的鲁西南革命英雄纪念碑

开了……没有？"

乡亲们闻言，明白这位操心百姓衣食的共产党县长还牵挂着大伙的饥荒，便泣不成声地应道："开了，开了……"

王石钧长长出了一口气，断断续续地呢喃道："这就……好了……大伙……有吃的了……"之后，再也没有醒来。

根据地的军民将王石钧安葬在家乡的土地上，立起纪念碑。碑文写道："石钧同志大公无私，虽家中屡次断炊，而却一文不苟，赤心耿耿，献身国家，其优良革命品质，堪为后世典范。"

当年春天，冀鲁豫军区司令员杨得志下了一道特殊的命令：部队一律不准打杨花……

群众自发在王石钧的墓地周围陆续种上杨树。一棵又一棵，一年又一年，没几年便成了树林，环绕陪伴着长眠地下的烈士。

七十多年过去了，当年的小杨树已长成参天大树，像一个个高大威武的士兵守卫着烈士，见证了一个共产党县长一心为民、鞠躬尽瘁的高尚品格。

（三）我以我血荐轩辕

山河动荡，碧血千秋。面对日本帝国主义的野蛮杀戮和国民党的残酷统治，无数鲁西共产党人抛头颅，洒热血，不畏强暴，慷慨赴死，誓死捍卫民族的尊严和脚下的土地，用血肉之躯筑起了抵御外侮的钢铁长城，用血染的风采谱写了气壮山河的慷慨悲歌。一寸山河一寸血，一抔热土一缕魂。

1. 血染琉璃寺

高唐县徐庙烈士陵园绿柳低垂，青松肃立。每年清明节之际，人们便络绎不绝来到这里献花祭酒，鞠躬凭吊，深切缅怀长眠于此的琉璃寺战斗中牺牲的烈士。

1938 年 10 月，日军占领武汉后，大举"扫荡"抗日根据地，疯狂残杀抗日军民，妄图消灭风起云涌的敌后游击队伍，巩固其在沦陷区的统治。

1939 年 2 月，中共鲁西区委以大峰山为依托，开辟运河以东抗日根据地。3 月 4 日，一二九师先遣纵队司令部机关和中共鲁西区党委机关由冠县东南庄出发，经堂邑北部，到高唐县琉璃寺、许楼等地，与津浦支队、青年纵队第三团会合。

与此同时，驻济南日军一〇四师团师团长末松，纠集驻津浦铁路北段的秋山旅团，联合临清之敌，从济南、齐河、禹城、聊城、高唐等地出动，向琉璃寺、许楼一带"扫荡"。

3月5日黎明，鲁西区党委、先纵机关、先纵第二团一部及青纵三团第一营驻琉璃寺村。队伍刚刚入住民房布置警戒，敌人已经闯到琉璃寺村北门，一场遭遇战随即打响。

登上北门警戒的先纵警卫连黄排长一声令下，几十颗手榴弹一齐砸向敌人汽车，两辆汽车当即瘫痪，车上敌军被炸得血肉横飞。在烟雾掩护下，黄排长带领战士冲出寨外，又是一阵手榴弹轰炸，将后面的敌人打退，随即撤回寨门坚守。

西门的机枪班也猛烈开火，将驶过四新河桥的四辆日军汽车击毁，并把后七辆车阻挡在河西岸。日军弃车过河，向东推进，并兵分两路，一路迂回至陈营等村，一路向西欲占郝庄。西进日军恰遇支援许楼的青纵二营一部，双方随即在董寨西一片洼地里展开激战。一股日军逼近郝庄西门，青纵二营另一部靠围墙掩护，与日军内外对峙。津浦支队、青年纵队第三团也都在各自驻地与日军激烈交火。

激战七个小时，先遣纵队沉着应战，打退敌人六七次冲锋，许楼寨墙外横七竖八躺满了日军的尸体。敌人恼羞成怒，趁机施放瓦斯，占领了许楼。

战斗至下午4时半，毙伤敌军一百五十余人，毁敌汽车六辆。

先纵首长李聚奎、刘致远、王幼平一起分析了情况，决定二纵队和区党委直属部队先行转移，再发动佯攻，趁黄昏撤出战斗。

下午6时，夜幕已降。纵队命令作战科科长赵晓舟、宣传科科长许法带领一个排，掩护区党委和纵队机关向琉璃寺东南的许楼转移。鲁西区党委书记张霖之率领骑兵边战边退，从许楼村南安全突围出去。纵队直属队在行进中遇到阻击，一百余名军民殉难，鲜血染红了琉璃寺的土地。

鲁西区党委委员、秘书长兼统战部部长赵伊坪和先纵政治部总务科科长秦保三乘马跟进时，突遭敌人猛烈炮火袭击。秦保三血染沙场，以身殉国。赵伊坪因骑马技术不好，高度近视又丢失了眼镜，加上天色已暗，辨别不清路径，误进至敌人占领的许楼，身受重伤，堕马落地，不幸被俘。

日军把他绑在一棵枣树上，用皮鞭抽、刺刀戳……面对凶残的敌人，赵伊坪大义凛然，英勇不屈，痛斥日军的侵华暴行，说："我宁可站着死，不低高贵头；宁为鞭死鬼，不做亡国奴……"

恼羞成怒的日军残忍地将他全身浇上汽油，放火点燃。烈焰中，赵伊坪用尽最后的气力高呼："打倒日本侵略军！中国共产党万岁！"残暴的日军又举起刺刀，捅进他的嘴里……

由彭雪枫介绍入党、曾为争取范筑先加入抗日武装做出突出贡献的赵伊坪，二十九岁的青春在烈火中获得了永生。

3月6日中午，日军继续围攻撤到药王庙一带休整的部队。青纵三团三营掩护部队撤退，与敌人展开激战，最后留下九连一排就地死守，阻击敌人。在送走全连唯一一挺机枪后，弹尽粮绝的二十四名战士英勇肉搏，全部壮烈牺牲。

琉璃寺遭遇战是聊城失陷后，八路军在高唐境内展开的一场规模最大、持续时间最长，且最为激烈的战斗。日军消灭鲁西北抗日武装的企图化为泡影。

战斗结束后，四十八位烈士的遗体被分别安葬在徐楼、琉璃寺、大吕庄、大桑庄等地，1946 年 6 月迁葬于徐庙烈士陵园。除赵伊坪、秦保三外，其余烈士的姓名已无从考证。

"碧血染青史，青史有声兼有色；忠躯葬黄沙，黄沙埋骨不埋名。"烈士们用鲜血和生命，保卫了鲁西大平原这块神圣的土地，鼓舞了鲁西北抗日军民的信心和斗志，直至赢得抗日战争的最后胜利。

2. 一门三忠烈

20 世纪 70 年代末，聊城市茌平县胡屯乡徐河口村的一处老宅院，堂屋门框上三块"烈属光荣"牌和三块"军属光荣"牌一字排开，格外醒目。九十多岁的郭景荣老人每次进家门，都会拄着拐杖在牌子下站一站，抬头望望，自言自语上几句。身边有人时，她会用拐杖指着牌子说："多好啊！"

孙女问："奶奶，打鬼子的时候，您怎么舍得让几个儿子都去参加八路军？"

老人非常干脆地回答："孩子，那个时候你不去打鬼子，他不去打鬼子，谁来保卫国家？没有国了，哪还有家？"

这是抗日英烈徐宝珊的家，老人是徐宝珊的母亲。

抗战前，徐家是博平县乡间望族，有五十多间房屋、近百亩耕地、二十余亩果园，还经营着一个油坊。徐桐勋、郭景荣夫妇育有七男一女，徐宝珊最大。

1936 年，鲁西北土匪猖獗，徐河口及附近二十八个村子的群众自发组织起来，成立"联庄会"，推选徐宝珊为会长。

七七事变爆发，徐宝珊在共产党的领导下，很快发展了一支几百人的武装队伍。1937 年 12 月 26 日，他率队参加南镇战斗，阻击了日军经茌平南下钳击济南的企图。

南镇战斗打响了茌平、博平人民抗日战斗的第一枪。联庄会武装被编入山东省第六区第三十二支队第二团一营，后被扩编为筑先抗日游击纵队第七团。1939 年 1 月，博平县第一届抗日民主政府成立，徐宝珊任县长。

这年，鲁西北因灾歉收，加上土匪作乱，部队及家属缺粮严重。徐宝珊带领战士来到自己家中，打开粮仓，说："装吧，我们要吃，乡亲们也不能饿着。"

战士们知道，这是徐家积攒多年的粮食，都不忍心装。徐宝珊笑着说："怎么都愣着啊？快装吧！"

就这样，五千多斤粮食和几千斤榨油用的大豆充作军饷或分给了战士家属，两千多斤棉花也捐了做棉衣。

后来，七团奉命西调，徐宝珊又变卖了家中的土地、牲畜，把钱连同一百多袋粮食全部捐给部队。

战士们流着泪说："徐团长为抗战把整个家都豁上了，他这是拿自己身上的肉往大家身上贴啊！"

七团锄汉奸，打日军，在鲁西北影响很大。日伪军对徐家恨之入骨，悬赏两千块大洋要徐宝珊的人头。1939 年冬，日伪军闯入徐河口，要杀他全家。在乡亲们帮助下，徐家老小安全转移。气急败坏的日伪军抢光了徐家的财产，烧毁了徐家路北二十多间房屋和油坊。

徐宝珊看着烧焦的残垣断壁，对乡亲们说："我早料到会有这一天的。鬼子烧了我的房子，烧不掉我们抗战的决心。要坚决抗战到底，死也不当亡国奴！"

1940年春，穷凶极恶的敌人又烧光了徐家路南的三十多间房屋，连断壁残垣也统统推倒。几辈人积攒的家业被毁个精光，徐桐勋只得带着老四徐宝玺和老五徐宝珍外出讨饭，郭景荣领着老六徐宝珠和老七徐宝琪到亲朋家避难。

8月，徐宝珊率部投入百团大战，战功卓著，所率二十四团被授予"模范战斗团"称号。1941年7月，徐宝珊作为新八旅代表出席晋冀鲁豫边区临时参议会，会后留在中共中央北方局党校学习。1942年5月25日，他在山西省辽县麻田地区反"扫荡"战斗中不幸牺牲，时年三十四岁。

在徐宝珊的影响下，弟弟妹妹七人先后都走上革命道路。

1944年，齐禹战役打响，十八岁的徐宝珍最先冲进敌团部，亲手击毙伪团长。10月，在齐禹华店薛官屯战斗中，为掩护县大队和群众撤退，徐宝珍主动带领战士阻击敌人，在战斗中身负重伤，子弹打光了，就和敌人拼刺刀，直到流尽了最后一滴血。

任博平县三区区长的徐宝玺将徐宝珍的遗体送回徐河口村。当时，徐桐勋流亡归来不久，房子被日军烧没了，就用破草席在老院里搭个棚子住下。徐宝玺回来，老人问："老四回来了，你五弟回来了吗？"

徐宝玺说："抬回来了。"

老人一听不对劲儿，赶忙走到担架前，掀开单子一看，顿时大哭起来："小五啊，你连爹也不要了吗？小鬼子啊，俺徐家的仇和你们算不清！"

徐宝璧听到老五牺牲的消息，也赶回了家。可怎么安葬老五呢？当时徐河口一带是游击区，敌我双方经常出没。

徐桐勋说："就把宝珍葬在院子里吧，俺爷俩也好做个伴。"

爷儿仁找来一些旧砖头，把老五葬在院子的墙角下。

跟随大哥的脚步加入革命队伍后，徐宝璧表现出色，以有勇有谋、不怕牺牲远近闻名。1944 年 8 月，在攻打菜屯据点战斗中，敌人纷纷逃窜。徐宝璧看见一个敌人扛着一挺马克沁重机枪行动缓慢，急中生智，捡起一顶敌人的帽子戴上，追上说："你累了，我替你扛会儿吧！"敌人误认为自己人，边跑边把重机枪交给了徐宝璧。徐宝璧接过机枪转身就跑，一口气跑了几里地，等敌人发觉时，早已无影无踪了。徐宝璧将重机枪上交军分区，被记一等功。

1945 年 9 月 20 日，解放茌平县城的战斗打响，徐宝璧在前沿阵地观察地形时不幸中弹，身负重伤。临终前，他抄下一段话，托人送给徐宝玺："要奋斗就会有牺牲，死人的事经常发生的。但是我们想到人民的利益，想到大多数人民的痛苦，我们为人民而死，就是死得其所。"是年，徐宝璧二十六岁。

1947 年春，博平县为徐宝珊举行追悼会，将三兄弟的遗体迁葬于徐河口村。乡亲们送上一副挽联：

茌平区胡屯镇徐河口村三英烈士墓

　　一门三烈士，兄前赴，弟后继，抗战救国，堪同
杨门媲美。

　　七子尽英豪，屋俱焚，财充饷，毁家纾难，可与
子文齐芳。

3. 血粮

　　五十辆满载着救命粮食的牛车浩浩荡荡行进在沙区的路
上。负责押送的华北抗日民军第一旅旅长兼冀鲁豫军区第五分
区司令员朱程走在队伍的前头，不时回望一下牛蹄和车轮碾
起的滚滚尘烟。

　　1941年4月12日到20日，日军调集近两万兵力，对冀鲁

豫边区抗日根据地实行"三光"政策，"铁壁合围"，疯狂"扫荡"。沙区数万间房屋被烧毁，四千多人惨遭杀害，还有一千多人因伤病惊惧死去。

第二年，特大旱灾与蝗灾接踵而至，整个沙区河井断水，大片耕地禾苗枯死，颗粒无收。一无所有的沙区人民吃草籽，啃树皮，连干柳叶、花生秧、麻籽叶、草根都争相抢夺。除了少数地主、富农外，家家户户卖东西换吃的。粮价飞涨，三升高粱可换一亩地，两个烧饼就能换一个女人。大部分人家三天两天不开锅，不动烟火，有的地方人竟相食。有的人无法可想，全家躺在土坑里等死……

范县小城，一个汉子肩挑一对箩筐，一头一个瘦得皮包骨头的孩子。汉子有气无力地喊着："谁要孩子，按斤换粮，一斤换一斤！"他的妻子扑在孩子身上疯叫着："不！不！俺不！"

一位年过五十的老妇领个头插草标、面黄肌瘦、衣不蔽体的姑娘，喃喃地哀求行人："哪位先生行行好，把这闺女领去吧，她十八了，您老给她碗剩汤就行，领去救她一命吧。我老婆子不要钱，也不要粮。"姑娘沉默着，眼泪扑簌簌地流。

瘟疫也蔓延开了。群众开始逃荒，去山西，闯关外，从这村逃到那庄，由这城奔往那县，挣扎在饥饿和瘟疫的死亡线上。

到 1943 年，冀鲁豫边区受灾村庄已达一千六百多个，八十万人断了粮，八百多个村庄空无一人。"无人区"疯狂扩散，沙区百姓陷入水深火热之中。

一幕幕惨状变成了一把把钢刀，狠狠地扎在指战员的心上。每天，战士们只能吃些南瓜和少量的杂合面，有时甚至连南瓜汤也喝不上，饿着肚子与敌人作战。

粮食！粮食！粮食就是生命！

"扫荡""清剿""蚕食"，旱灾、蝗灾、瘟疫，空前的艰难，动摇不了指战员们的意志和抗日必胜的信念。杨得志找到了冀鲁豫行署副主任段君毅。

段君毅说："民以食为天，我已经要求其他县支援沙区，尽快为群众搞到粮食。"

几天后，行署想尽办法，在尚和县（今属河南濮阳）搞到了一批粮食，要杨得志速派部队去押送。

押送任务落在了朱程的肩上。

路过清丰县宋村时，粮食被盘踞于此的顽军高树勋部劫走了。经过几个小时交涉，顽军拒不还粮，还无理取闹："粮食嘛，你吃我吃都一样，你们八路军不是讲联合吗？这粮我们先'联合'了吧！"

人民的救命粮一粒也不能丢！杨得志闻讯拍案而起，命令朱程："把宋村包围起来，限时要他们把粮食交出来，过时不交，就武力解决！"朱程带领部队把宋村团团围住。

高树勋依然不交。是可忍孰不可忍，朱程下令："虎口夺粮！"

战斗打响，当场毙敌五百余人，俘敌二百余人，抢回了粮食。但此一役，同时也献出了三十余名战士年轻的生命。

"咱们得救啦！"粮食运到沙区，群众激动万分，扶老携幼，拖儿带女，争相前来帮忙卸粮。

人们齐刷刷排成长队，迎接运粮的车队。然而，车队到跟前，人们一个个惊呆了，喜笑颜开的表情霎时凝固了，吵吵嚷嚷的人群变得寂然无声。

粮车上横七竖八躺着战士的尸体和好多伤员，不少粮袋染成了血色，有的还在滴着鲜血……

"这救咱命的粮食，可是拿八路军的命换的啊！"突然，不知是谁带着哭腔喊了一嗓子，扑通跪倒在地。

哭声骤然而起，直上云霄。大人拉着孩子的手，呼啦啦跪倒一大片。

"自古都是兵吃民粮，而今民吃兵粮。八路军以血夺粮，这粮咱不能全吃了，留下当种子，打了粮食，再跟那些王八蛋干！"

血染的粮食，不仅救饥，更给了老百姓活下去的希望和抗战到底的斗志。

4. 周堂地道战

1947年，冀鲁豫三地委提出"区不离区，县不离县，坚持地方游击战争"的口号。当时湖西地区敌我力量对比为6：1，怎样坚持武装斗争呢？

鱼台县委决定学习冀中地道战的经验，建设"地道村"。1947年12月15日，两千多人在鱼台县旧城区区委驻地周堂村开挖地道。三个昼夜，挖通了东西、南北两条大干道和通向村头院落的九条支道。地道内配置了火力点、地堡、暗堡，修建了仓库、厨房、厕所，一个地上地下、攻防结合的作战体系基本形成。

与邻村的地道还未挖通时，敌人来了。

12月18日拂晓，国民党纠集驻金乡县的正规军和丰、沛、鱼三县的保安团约五千余人进攻周堂。

敌人在村西架起迫击炮，向周堂猛轰，在炮火和机枪的掩护下，以班为单位突进。隐蔽在地道内的沛县、鱼台的县、区干部和武工队，在沛县县委社会部部长兼公安局局长张士彬的统一指挥下，组成九个战斗队，沉着应战。待敌人逼近地堡时，武工队集中火力交叉射击，打得敌人焦头烂额。机枪班班长高树德在地堡里连毙十多名敌人，又从地道口跃出地面，端起机枪扫射，敌人随声倒下一片。接着，高树德迅速钻进地道，换一个地堡口继续射击。敌人乱作一团，丢下几百具尸体退出村外。黄昏时分，敌军败回鱼台城。

初战告捷，武工队总结经验，加固防御工事，做好迎击敌人再次来犯的准备。当夜，其他区的干部和武工队撤出周堂，留下沛县和旧城区的同志们坚守。

19日凌晨，鱼台的国民党军新增一个团的兵力，丰县保安团新增一个营的兵力，再次进攻周堂。敌人分四路一起拥进村，却看不到我方人员的踪影。隐蔽在地道内的武工队队员利用坚固的碉堡和地面工事，机动灵活地从暗堡射击敌人。敌人被打得晕头转向，丢下一百多具尸体逃出村外，在村西架起迫击炮和重机枪疯狂轰击、扫射。下午，敌人撤退。

当夜，敌人增加一个旅的正规军，并配备坦克四辆、重炮十多门和大批枪支弹药，总兵力已超过六千五百人。

面对三十倍于己的强敌，武工队队员在地道内庄严宣誓："头可断，血可流，阵地不可丢；只要还有一口气，就要战斗到底！"

21 日黎明，敌人包围了周堂，集中炮火，一直轰炸到午后 2 时，周堂地面上碉堡及其他工事基本全被摧毁。

下午 3 时许，敌人步兵进攻。张士彬决定先拖住敌人，坚持到天黑，然后设法突围。

敌人冲进村内，四处搜索地道口。保安团一个营的兵力围过来了，守护在地堡前的指导员胡培高率领一个班一阵机枪扫射，一群敌人倒在阵地前，没有被击中的掉头逃窜。敌人采取"包剿"战术反扑，武工队队员机敏地钻入地道一阵猛打，又毙伤多人。

敌人在石碾下找到一个地道口，命令机枪手朝地道内扫射。武工队队员从离敌二十米的另一地道口跃出，将手榴弹投向敌机枪处，十多个敌人立刻血肉横飞。

敌人气急败坏，在地道口燃起柴火。浓烟钻入地道，武工队队员急忙在狭窄处用被子将地道堵住，截住浓烟的蔓延。

地面上唯一幸存的阵地只有武工队指挥所的院子了。敌军一个营协同保安团分兵合击，步步逼近指挥所。紧要关头，武工队班长任金香从地道口猛地蹿出，凭着一把匣枪和几颗手榴弹跟上百名敌人周旋。他不断变换方位，准确点射敌人。当敌人以为他子弹打光，蜂拥而上时，任金香突然连扔四颗手榴弹炸死敌人一片，接着飞身进入地道。

黄昏，周堂暂趋平静。敌人为防止武工队突围，将周堂围得水泄不通。

经过一天的激战，武工队的子弹快打光了。此时仅剩下两处地道口可利用：一个在村南大坑边，另一个在村东头的场院屋里。

子夜时分，敌人三五个一伙，围在火堆旁烤火。武工队队员抓住时机突围，悄悄跃出地道口，第五人跑出时，惊动了火堆旁的敌连长。

"有人突围！"敌连长边喊边命令机枪手封锁住地道口。

武工队队员只好到另一个地道口伺机突围。不料这一出口也被敌人发现，他们在不远处架起重机枪，对着地道口。

深夜寒风刺骨，敌人靠近火堆取暖，武工队队员乘敌不备又火速突围。当敌人发现时，张士彬已带领四十多人脱险。敌人急忙用机枪封锁地道口，一百多名干部、战士被堵在地道里。

东方微明，敌人顺着地道口挖掘。村南的地道口被掘开，敌军一个连钻进地道。由于不熟悉地道情况，敌人处处挨打，死伤多人。

中午时分，武工队的子弹打光了。这时从另一地道口进来的敌人将武工队堵在了中间。武工队在地道内同敌人展开肉搏，打死打伤敌人五十多人。

最后，地道内的武工队队员终因寡不敌众，全部被俘，被押到鱼台县、沛县等地。敌人将鱼台县旧城区区长李庆林、沛县安国区区委书记王福田的头颅砍下，悬挂在鱼台县城东门；将沛县政府科长杜宪军的头颅悬挂在沛县城西门；将机枪手任金香带到沛县大屯集用铡刀拦腰斩为两截。沛县宣传部部长王廷芝等一百多人，有的被枪杀、刀劈，有的被敌人用布缠身，浇上汽油拉到高竿上"点天灯"，还有的被活埋"放天花"……

一曲鲜血谱写的壮歌久久回荡在湖西大地上空……

5. 一个旅换不来王克勤

2019 年 10 月 1 日，在庆祝中华人民共和国成立 70 周年大会上，伴随着恢宏激昂的《钢铁洪流进行曲》，一百面战旗列阵通过天安门广场，"王克勤排"赫然在目。

王克勤是谁，为何会享此殊荣？

1945 年 10 月，平汉战役中，国民党六万精兵溃不成军，被一举歼俘 1.7 万人。解放军征询被俘者的去留意见，举目无亲的王克勤选择了留下，被编入六纵十八旅五十二团一营一连一排。

王克勤因为各种机枪娴熟，在国民党军队多次立功，还获得过"青天白日勋章"。一开始他以老机枪手自居，看到部队装备差，很不服气，经常发牢骚。有次生病，病号饭送到跟前，他吃完一抹嘴，背后却说："解放军的官就会收买人心，今天像亲兄弟，明天上了战场，就拿着枪逼着你去替他卖命！"部队在峭河地区剿匪，他在后面躲着不动。连指导员找他谈话，他用被子蒙着头不理睬。

营指导员武效贤决定去会会这个"刺儿头"。那天，一群兵正看把戏似的围着王克勤，他蒙着眼，"咔嚓""咔嚓"几声，眨眼工夫就把一挺新缴获的机枪装好了。目瞪口呆的战士们齐声赞他"机枪圣手"。

这可是我军难得的人才啊！武效贤边想边走了过去："你就是王克勤？机枪玩得挺好的！这挺机枪给你使，不过，你得明白：枪口该对准谁？"

受到如此信任，王克勤惊喜地瞪大了眼睛："我明白，对准中央军！"

"为什么要对准他们呢？"

"因为……"他结巴了半天，没能说上来。

1945 年 12 月，部队开展政治整训和诉苦运动，以提高解放军战士的阶级觉悟。运动开展得热火朝天，许多战士纷纷控诉军阀恶霸的暴行。

班长讲过了，连长讲过了，王克勤就是不讲。武效贤开导他："把你的苦水倒出来，你会明白为谁打仗，就更会用枪。"

他低声说："我家穷，诉苦丢人。"又问道："你家穷吗？"

武效贤告诉他自己的经历，说："我们都是阶级兄弟，都是人民的一部分，就应该为我们自己打仗。"

第二天，王克勤站到台上，一把鼻涕一把泪，诉说自己的悲惨遭遇。

这次哭诉把王克勤哭醒了，他明白了为谁扛枪、为谁打仗的道理，思想开始有了转变。

1946 年 8 月，陇海战役打响，班长、排长、连长一个个冲上去了，营长也冲上去了。这哪是国民党宣传的"把俘虏当炮灰"啊？他愣过神儿来，从战壕里站起来,高喊一声"冲啊！",杀入敌阵。

参加解放军后打的第一仗教育了王克勤，他真正感受到了共产党军队的官兵一致、亲如手足，从此脱胎换骨，像换了一个人。他找到武效贤说："教导员，我错了！我不该和你们对着干。从今天开始，我听你的，做一个真正的解放军战士！"

一次，部队驻扎，房东大娘是个摆烟摊的，家中还有个大姑娘，不敢叫他们进屋。王克勤叫全班战士都睡在院子里，不许惊动房东，并把院子打扫干净，水缸挑满水。从拉呱中得知，大娘的儿子被国民党军抓走了，所以见到军队就恨。王克勤说："我们是解放军，打仗就是为了解放老百姓。"

第二天开拔时，王克勤觉得挎包沉甸甸的。一看，里面有十二个热乎乎的鸡蛋和一包纸烟。问了好久，大娘才说："同志，咱们穷人是一家，这是俺的一点心意。给你们吃了，就当我儿子吃了一样！"

王克勤悄悄把仅有的三块银圆放在烟摊上。他把鸡蛋和纸烟分给大家："同志们，我们要永远记住，当人民的儿子，为人民打仗，救出那些受苦受难的人！"

从此，王克勤不怕牺牲，英勇杀敌，先后参加了兰封、马庄、大杨湖等战役，不到一年就消灭敌人二百三十名，俘敌十四名，缴获步枪八支，先后荣立战功九次，获一等杀敌英雄、爱兵模范、爱民模范等称号，并被提升为班长、排长，还光荣地入了党。

当上班长的王克勤迎来了新的考验。班里成分复杂，技术参差不齐，思想也不统一。王克勤受农民生产互助的启发，创立了解放军历史上第一个互助组，开展思想、技术、生活"三大互助"活动，让官兵在团结互助中增进友谊，在同甘共苦中拉近距离，在取长补短中共同提高，有效增强了部队的凝聚力和战斗力。

1946年10月，一营奉命在巨野县徐庄阻击敌人。王克勤班发挥战斗互助作用，像钉子一样坚守在阵地上，一天打退敌人十余次进攻，歼敌一百二十三名，全班无一人伤亡，名闻全军。

王克勤照片及"王克勤排"军旗

刘伯承、邓小平发出学习王克勤班的指示，延安《解放日报》发表了《普遍开展王克勤运动》的社论，"王克勤运动"蓬勃开展，迅速扩展到全国各个战场。大批王克勤式的英雄人物和模范班排相继涌现，层出不穷，军队战斗力迅速提高，"王克勤运动"成为比肩"三湾改编"的创举。

1947年7月10日，在鲁西南战役攻克定陶的战斗中，二十七岁的王克勤负伤，壮烈牺牲。噩耗传来，整个纵队都陷入悲痛之中。

邓小平恸难自抑，说："我们失去了一位很好的同志！"

刘伯承痛心疾首，捶着桌子怒吼："蒋介石一个旅也换不来我一个王克勤！"

不管军队体制如何变化，"王克勤班""王克勤排"的旗帜始终飘扬，直到现在。

6. 老少爷们儿刻碑文

　　鲁西南烈士陵园西北角有一座全国独一无二的烈士公墓碑，掩映在四季常青的苍松翠柏丛中。碑文语言朴实无华，字体稚拙不工，与辞藻华丽、书法精美的名人碑刻相比，显得既与众不同，又情真意切。

　　抗日战争时期，曹县境内发生过不计其数的战斗，其中著名的就有缪堤圈、湾杨、红三村、王厂等十几次。每次战斗，都会有人牺牲，有的留下了姓名，更多的则成了无名英雄，永远倒在了这片陌生的土地上。

　　八年间，冀鲁豫边区党政军民蒙受了巨大损失，付出了惨重代价。全区人口死亡、失踪等共计133万多人。1943年冬，为纪念在反击日伪军秋季大"扫荡"王厂战斗中为国捐躯的军分区司令员朱程、专署专员袁复荣等一百多位烈士，当时的鲁西南专署兴建了这座烈士陵园。刘齐滨、袁复荣、朱程等留下名字的烈士被安葬在这里，2317名曹县籍烈士的名字被刻上了"烈士墙"。此外，无名烈士还有一万多人。

　　"红花无情笑东风，青山有幸埋忠骨。"一万多名无名英烈为了曹县人民的翻身解放和国家民族的正义事业，舍身许国，埋骨异乡，鲜血染红了热土。然而，他们到底是谁？年龄几何？故乡在何方？父母健在否？是否娶妻生子？这一切，都已无从知道了，唯一知道的是他们从此拥有了一个共同的名字——无名烈士！

1945 年 6 月，在曹县人民的强烈要求下，冀鲁豫区党委和鲁西南地委决定在烈士们集体长眠的地方，建立一处无名烈士公墓。

建墓就要立碑，立碑就要刻写碑文。碑名就叫"鲁西南烈士公墓"，可是，碑文写什么、找谁写，成了难题。

按照惯例，碑文应该请文采好、书法精、知名度高的人写。而在当时，农村普遍文化程度低，识文断字的人少，战乱时期名人也难找。最后议定，不请名人大家、能工巧匠了，从工农兵各个行业推选代表，写下自己的肺腑之言，献给烈士。

于是，老少爷们儿围在一起，争相发表意见，都想对烈士们说说心里话，表达自己的心声。

主事人先开了个头，在碑头上写道："战斗英雄、劳动英雄，工人、农民、战士、儿童亲手执笔写出自己的心情，献给烈士们。"

边区甲等劳动英雄、后供修械所修械队的刘兴基写道："烈士们！你们为革命为劳苦大众牺牲了，我是个老粗，我不知道说啥好，我把机关枪修理好好的，多打死几个鬼子汉奸，替你们报仇！"

鲁西南第一完全小学初级生、十二岁儿童程鸿曾挤进围观的人群说："烈士们是我们儿童学习的榜样，我也想给烈士们写几句。"大人们点头同意。小鸿曾歪歪扭扭地写了一段文字："烈士们，你们给国家办事，打鬼子，流着血汗创造了这个根据地，牺牲了，我们全鲁西南的小儿童要抱着亲爱的态度纪念你们，我们要好好地学习，将来长大了替你们报仇！"

二十团一连战士、战斗英雄马玉振写下二十六个字："你们为革命事业立了大功，我们继续你们的遗志，勇往前进！"

结果，他写的话少字又挤，明显比上面的字体小得多，闪下一大块空白。战斗英雄、二十团七连班长李克昌接过笔说："我来把这一块空补上吧。"他写道："烈士们，亲爱别去的战友们，我心里的话，我决心今后多杀敌人来为你们报仇，争取人民彻底解放！"

齐滨县（今属曹县）向庄农救会会员向进宾占下了最后一块地方："俺们从前都是没饭吃的人，自从您来了后，南杀北战，拼命流血，建设了根据地。俺们现在都有碗饭吃了，您真是俺的救命恩人。您牺牲了，俺们都很伤心，永远忘不了您！"会员向义宾、向见宾、侯朝远、刘化风四人在向进宾的落款后面，参差不齐地写下了自己的名字。

第一块碑写好了，大家又拥向第二块，有写寄语的，有写小诗的，有写对联的。

碑立四面，面面不同，字体大小不一，内容长短不齐，行距宽窄不等，版面横竖错杂，像一座留言墙。然而，碑文的一笔一画早已化作鲁西南人民心中的情感丝线。

这座陵园占地百余亩，无名烈士墓区占了一半。在抗日战争和解放战争时期，陵园曾屡遭敌人破坏，但在当地群众的保护下，最终完整地存留下来。历经战乱和磨难后，当地群众认为，真正保佑他们的是共产党，于是毫不犹豫地拆除了陵园里一座香火兴旺的唐代寺庙，把这块风水宝地让给烈士们作安息之所。

曹县鲁西南烈士陵园内的鲁西南烈士公墓碑

"英风凛凛山河壮,大节煌煌草木香。"鲁西南烈士公墓碑是一座永不磨灭的人民的"心碑"!

人民没有立着事儿

三

军队打胜仗，人民是靠山。鲁西共产党人和人民军队为广大民众和全民族的利益而战，用理想和信念、鲜血和生命，赢得了人民群众的信任。人民群众心甘情愿冒着生命危险跟党走，男女老少齐上阵，处处挺起青纱帐，全民皆兵，众志成城，鱼水相依，生死与共。他们凭借无穷的智慧和力量，扬长避短，改造地形，把一马平川、无险可据的平原劣势变成撼不动、震不垮的"人山"优势，创造了闻所未闻、见所未见的围困战、袭扰战、麻雀战、地道战、心理战等灵活战术。他们以人民战争的汪洋大海，构筑起根据地的强大屏障，有力配合了军队作战，全面激发了战争伟力，在反抗外来侵略、争取民族独立、实现人民解放的斗争中，书写了人民战争的宏伟画卷。

（一）平原处处起堡垒

哪里有压迫，哪里就有反抗。日军对鲁西抗日根据地疯狂实施"扫荡""清剿""蚕食"和惨无人道的"三光"政策，实行残暴统治，致使鲁西大地生灵涂炭、民不聊生。鲁西人民纷纷放下锄头，拿起武器，组建武装，保卫家园，以村庄为单位开展本村本区斗争，在平原深处筑起一座座坚不可摧的战斗堡垒，织就了全民抗战的天罗地网。

1. 生死相依红三村

抗战时期，曹县西北的刘岗、曹楼、伊庄是鲁西南地区的革命中心。三村彼此相距不过两三里路，是曹县抗日政府、鲁西南地委机关、鲁西南军分区所在地。1939 年 2 月，杨得志率八路军——五师三四四旅长期驻守这里，领导鲁西南根据地的抗日斗争。

日伪军十分忌恨三村，在作战地图上用红笔画个大圈，写了个大大的"赤"字。三村老百姓听说后，都说："对，咱就是赤，咱就是红，红透了！"从此，三个村庄有了个共同的名字：红三村。

1940 年 9 月，八路军主力部队奉调北上，只留下鲁西南地委机关和地方游击队坚持斗争。盘踞在这一带的土顽军头、曹县保安旅旅长王子魁看到这个机会，纠集近万名顽军，从四面八方包围过来，妄图趁机挤掉鲁西南抗日根据地。在敌军的疯狂围攻下，大部分根据地很快沦陷，最后只剩下红三村这块狭小的地区。

敌人叫嚣："两天拿下红三村，共产党的鲁西南根据地就彻底完蛋了！"

大敌当前，鲁西南地委召开紧急会议。地委书记戴晓东说：

"红三村是咱们的一面旗帜。三村在，鲁西南抗日根据地在；三村亡，鲁西南抗日根据地亡。我们就算流尽最后一滴血，也要保住红三村，坚持到主力部队打回来！"

会议决定，戴晓东驻守伊庄，武装部部长宋励华驻守曹楼，组织部部长王健民驻守刘岗，发动群众进行武装斗争，打击敌人，保卫三村。

三村群众早已下定决心，要和敌人决一死战。刘岗村召集全体群众，举行了"保卫红三村誓师大会"。青壮年都摩拳擦掌："我们早就准备好了，就等着一声令下上寨杀敌，保证让敌人有来无回！"

妇救会主任上台表态："男的没了，女的顶上！只要红三村还有一个活人，敌人就别想往这里伸腿！"

手执红缨枪的儿童团代表也跳上台，拍着胸脯说："我们儿童团也准备好了，站岗放哨抓坏蛋！"

村里德高望重的刘大爷指着村外说："你们听，敌人就在村外四处打枪。依我看，光有组织还不行，还得有纪律。我说两条，一是敌人打来，不许离村，要不就算临阵脱逃；二是不准到敌区串亲戚，免得泄露军情。"他的话博得大家一阵掌声，当场全体通过，作为特别时期的纪律。

与此同时，伊庄和曹楼也召开了"誓师大会"。会后以地委领导和各村干部为骨干，成立了战斗指挥部；以各村党员为基础，组成模范班；青壮年编成自卫队，轮流守夜；妇救会组成后勤队，送水送饭；儿童团看门守户，站岗放哨。三村没一个闲人，老少参战，同仇敌忾。

很快，各村都迅速把原有寨墙加高加厚，壕沟加深加宽，沟内通水，村内外修筑战壕、掩体；寨墙上准备了土枪、土炮、长矛、砖石，墙垛上备有滚木和礌石。三村间还挖通了地道，便于相互支援。

10月下旬的一天深夜，王子魁亲率一千多人，带着云梯进攻伊庄。敌人刚接近伊庄寨墙，就遭到守寨民兵的迎头痛击。他们推下滚木，又用手榴弹、石头、瓦块向敌群狠砸，敌人死伤累累，损失惨重。王子魁恼羞成怒，亲自督战，越来越多的敌人爬向寨墙。危急时刻，刘岗、曹楼的民兵从两边赶来增援，一时四面枪声大作，杀声震天。敌人腹背受挫，仓皇逃窜。

这是保卫三村的第一仗，毙敌二百余人，缴获枪支一百七十余支，三村士气大振。

敌人多次合围失败后，开始实行封锁围困。三村组成联防，用地道战、游击战狙击敌人。人人上寨，有枪拿枪，没枪拿刀，抓钩锄头齐上阵，砖头瓦块杀敌人。白天杀声震耳，夜晚灯火通明，一村有情况，各村齐支援，使敌人没有可乘之机，近万名伪顽军始终无法攻破三村。

1940年底，三村斗争已坚持三个多月，人力、物力消耗巨大，粮食、药品、弹药极度匮乏，斗争越来越艰苦。戴晓东、宋励华等地委领导也和守寨部队同吃同住，以野菜、红薯叶充饥。村民们忍饥挨饿，仍想方设法省吃俭用，支援守寨干部和民兵。天寒地冻，妇救会会员募集了棉花和旧布，做出上百件棉坎肩，送给守寨队御寒。堡垒户刘大爷把家里仅有的玉米面都做成了饼子，端给地委干部，一家老小却喝稀粥。

在顽强守寨的同时，地委还派出敌工人员，深入敌区瓦解顽军，发动群众坚壁清野，抗粮抗捐，开展"反资敌"运动。各路敌人内部矛盾激化，自顾不暇。

1941年1月，三村顽强斗敌的消息传到了黄河以北冀鲁豫军区，军区领导派出主力部队，星夜赶赴曹县救援。三村群众里应外合，一举歼敌一千五百人，缴枪近千支，全歼围困三村的伪顽军。三村斗争取得最后胜利。

冀鲁豫边区党委、冀鲁豫军区对三村的联防斗争给予很高评价，专门写出报告，绘出三村联防图，上报中央。军区政委苏振华在边区高干会议上做了题为《鲁西南三个村的斗争是怎样坚持的》报告，将三村作为反封锁、反蚕食斗争的典型范例在全区推广。杨得志司令员给三村人民写了嘉奖信："你们光荣的斗争，你们光荣的名字，将永远铭记在鲁西南人民的心中。"

曹县红三村抗日联防遗址

红三村斗争的胜利，证明了一个颠扑不破的真理：组织起来的人民是真正的铜墙铁壁，是根据地的力量之源，是中国共产党的力量之泉。

2. 抗日模范村吕沟

定陶、菏泽、曹县三县交界处的吕沟村耸立着一座"抗日模范村纪念碑"，由原冀鲁豫边区第三军分区副司令员张耀汉手书，至今还在诉说着军民生死相依的故事……

1938年10月，吕沟村青年农民吕克明、吕贞志参加八路军东明抗日军政训练班后，带着党的指示回到吕沟，走街串巷宣传抗日救国的道理。第二年，吕沟村成立了青年抗日救国会，两人入了党，又发展党员建起党小组，开展抗粮抗款斗争。

张耀汉经常带领部队到吕沟，住在村里，发动群众，发展党员。1941年1月16日，东垣县第六区政府成立。会后，张耀汉对区队副吕文斌、区文书吕贞志说："你们回去想办法干好，尽快把群众发动起来，建立抗日武装。"

1942年2月，吕沟村建立了党支部，成立了抗日小队。八名成员中七人姓吕，人称"七吕团"。成员很快发展到二十八人，武装力量扩大到附近九个村庄。抗日小队向财主借、动员群众献、筹钱外出买、从伪军手里夺，几个月时间就配备了枪支、手榴弹等武器，又联合大刀会等群众组织抗击日伪军，搞得红红火火。分区部队打完仗常到这里修整训练，军民一家，情同鱼水。吕沟村成了鲁西南的抗日堡垒。

吕沟村东北二里处有一座炮楼，盘踞的日伪军经常派人到村里催要粮食，每次得到的回答都是："粮食有的是，就是不给汉奸吃！"

4月18日上午，经过密谋，日军司令官小松督战，从菏泽、定陶、曹县调集一千一百多名日伪军，包围了吕沟。伪军大队长井书本带领一百多人，占领了吕沟村外的一处高地。

枪弹雨点般射向寨墙，炮弹呼啸着飞进寨里，树被打断了，房子被打塌了，寨墙上布满密密麻麻的弹坑，整个吕沟硝烟弥漫。党支部紧急决定，由区队负责掩护群众出西门转移，支部书记吕恒魁、村长吕西才率四十八名大刀会会员留下坚守。

枪炮一直打到下午4点多。见没了动静，井书本以为人全跑了，便指挥伪军竖梯登墙。一个伪军打着小旗刚爬上墙，就被一刀劈下拿旗的手臂，连人带梯倒了下去。

伪军看到有刀无枪，便放开胆子拥到寨门下。吕明典大喝一声："有种的上来！"吕玉松点着自制的环子炮，"轰隆"一声巨响，铁砂雨点般洒进敌群，炸伤十多人。

吕洪亮高喊："下去捉活的，别叫他们跑了！"大刀会会员挥舞着刀片冲出寨门，杀声震天。伪军们仓皇逃窜。

"土八路的什么炮？厉害厉害的！"小松拿着望远镜的手吓得一抖，急忙下令开炮。八门大炮炮弹齐发，把南门炸开，一百多名敌军疯狗一样蹿进来。

大刀会会长吕恒显大刀一挥，带领会员英勇杀入敌群。伪军一个机枪手刚架好机枪，还没来得及拉扳机，就被吕恒本一刀砍在枪把上，吓得扔下机枪抱头鼠窜。井书本惊慌失措，弃马而逃，伪军一窝蜂逃回大本营。大刀会会员追了半里多路，砍死砍伤三十多人。

恼羞成怒的小松手举指挥刀，带领三百多名日军反扑过来。炮弹接连爆炸，几位大刀会会员相继受伤，牺牲。紧急关头，吕恒魁、吕恒显、吕西才商议撤出寨子。不少会员说什么也不愿走，转移完群众的曹营长返回来掩护突围，大家才在黄昏时分含泪离开家园。

当晚，敌人分成四队，机枪开路，冲进村里，实行惨无人道的"二光"政策。十二条大街四处起火，整个吕沟状如火海。386 间民房烧成灰烬，五间祠堂倒塌，吕沟变成一片焦土。吕金需因病没有撤走，被小松一刀劈了……日伪军又从菏泽调人抢劫，几十辆太平车拉了三天三夜，连铁锨、锄头、菜刀都抢走了。

灭绝人性的烧杀劫掠，激起群众的更大仇恨。杨得志、张耀汉带领部队来到吕沟，帮助村民重建家园，124 名青壮年踊跃报名参军，发誓讨还血债。

吕沟虽为敌占区，离日军据点仅二里路，但全村无一人当汉奸，无一人叛变通敌。每年春秋两次大"扫荡"，鲁西南党政军领导干部及其家属常来吕沟隐蔽，从未出过任何闪失。人们同共产党、八路军心相连、血相通，党的抗日政策在吕沟扎了根。

1943 年 10 月，日军集结三万人发起大"扫荡"，目标对准了"红三村"，妄图将鲁西南的革命武装一网打尽。张耀汉带领独立团转移到吕沟隐蔽，在群众掩护下化整为零，分散在

曹县鲁西南烈士陵园

村民家中。民兵以联庄会会员之名，放哨巡逻，随时注意敌人动向，保护部队和首长安全。"扫荡"持续十八天，日伪军几乎每天路过吕沟，军民们在敌人眼皮下巧妙周旋，未出一点问题。

1944年秋，独立团配合各区小队端掉了周边十几个碉堡，盘踞五年之久的河南王村据点成了孤岛。吕沟村军民同心，用六百锅米汤智取据点，群众手拿抓钩铁锨，半天工夫就铲平炮楼，一举将其拔除。

张耀汉兴奋地赞扬说："不用一刀一枪，赶跑了鬼子，吓走了汉奸，吕沟真不愧是抗日模范村！"

3. 鲁西北地道村

地道战，嘿，地道战，
埋伏下神兵千百万，
嘿，埋伏下神兵千百万。
千里大平原展开了游击战，
村与村户与户地道连成片。
侵略者他敢来，
打得他魂飞胆也颤。
侵略者他敢来，
打得他人仰马也翻！

战争年代，这样的场面就发生在鲁西北平原上。时至今日，聊城市莘县大王寨镇杨庄村许多年迈的老人每次唱起电影《地道战》中的这首插曲，还是心潮起伏，思绪万千，热泪盈眶。

杨庄就是鲁西北的地道村。20 世纪 40 年代初，中共冀南区党委书记、冀南行署主任、冀南军区政委宋任穷，带领冀南区党政军群领导机关及兵工厂、医院、冀南银行和鲁西银行等部分后方机关，从河北南宫一带陆续转移至杨庄，开展敌后抗日工作。自 1942 年夏至 1944 年 5 月，这里一直是宋任穷领导整个鲁西北抗日根据地和冀南区抗日斗争的指挥中心。

进驻杨庄后，宋任穷有句口头禅："军队打胜仗，人民是靠山。"杨庄村虽有一望无际的茂密林木和非常独特的地理环境，但为了能长期坚持和发展敌后游击战争，宋任穷贯彻在平原建立"人山"的思想，发动军民挖地道、挖道沟及改造村形。

在平原地区开挖地道谈何容易，很多难题立马摆到了眼前：一是杨庄位于黄河故道，属沙质土壤，挖深了易渗水，挖浅了不坚固，时间长了会坍塌。二是缺仪器，地下方位不好掌握。再就是生活极其艰苦，从1941年起杨庄一带连续两年遭受虫旱灾害，灾情空前严重，群众生活非常困难。

怎么办？宋任穷逐一对应想出了办法。首先，组织人员搞试验，把地道的深度标准定在离地面五六尺左右。其次，派人向位于红庙村的中共鲁豫区区委书记黄敬求援，借来十几个指南针，发动群众打造了几十辆专用木质小推车和一些小型手提煤油灯。第三，积极开展民主民生运动，号召全区实行减租减息和增佃增资，发动群众参加互助组织，认真经营土地和生产副业，开展生产自救，齐心协力战灾荒，渡难关，鼓舞抗日军民的士气。

宋任穷从军区警卫连挑选出几十名身强力壮的战士，同以村支书夏炳银为队长的武术队，组成军民突击队，日夜奋战挖地道。为让队员吃饱饭，宋任穷发动机关工作人员把口粮从八两减为二两，支援突击队。

在宋任穷精心组织指挥下，短短两三个月，杨庄军民就挖通了通向武家河、玉庄、余庄、尧头等十几个村子的地道，总长度二十多公里。地道里不仅能隐藏兵员、群众，还能囤积武器弹药、兵工生产设备和医疗器材等。

杨庄村地道设有多个出口，有的在村里，有的在茂密的林苇深处。宋任穷住处的八仙桌下就有一个地道口。

1943 年 12 月 14 日，日军突然包围了杨庄附近的石固村，逼近杨庄。情况紧急，宋任穷当机立断，指挥人员和抗日小学学生从地道向村西撤离，并将兵工机器以及制造了弹和枪支所用材料迅速转移进地道或埋在地里。他自己没有来得及转移，从墙上摘下一副牛套背在身上，化装成农民，巧妙脱险。

少数未及时撤离的群众被日军围在村中央。二十四岁的村民霍文全落入敌手，拒不说出冀南区党委的下落。日军恼羞成怒，将其活埋。敌人挖好坑，准备再埋十六岁的夏章学时，隐藏在地道里的军民四处出击，枪声大作，日军吓得落荒而逃，夏章学死里逃生。

杨庄遇过两次"扫荡"，但从未被日军占领。有一次，敌情报人员将军区司令部就在杨庄的消息报告给了莘县翻译官康焕章，他带着人马气势汹汹而来，结果绕了半天也没找到人。

近两年时间里，宋任穷以卓越的组织才能、军事才能和高超的领导艺术，指挥所属部队及当地民兵武装，先后进行了南宫、大营、朝南、临清、堂邑、威县等一系列战斗，总计歼敌两万六千多人，从而打破了敌人的"囚笼"政策，扩大了抗日根据地，使冀南、冀中、冀鲁豫解放区连成一片，为夺取抗战全面胜利做出了突出贡献。

村儿童团编了一首歌谣称赞宋任穷：

宋司令的兵真难当，
破袜子破鞋破军装，

黑窝窝头小米汤，

老萝卜咸菜辣椒酱。

土枪土炮上战场，

打一仗胜一仗，

早晚把日本鬼子消灭光。

2012 年 7 月，莘县人民政府在仅存的地道口遗址旁，建立了"杨庄抗战地道遗址"纪念碑。至今，那一行行石刻文字，还在向后人展示着宋任穷当年带领群众挖地道、打日军的英勇壮举。

4. 红色堡垒王高寨

东明县长兴集乡的王高寨村是抗战时期东垣县抗日根据地的南大门。这个近千人的大村寨多次抗击日伪的进攻，被抗日军民誉为"抗日的红色堡垒"。

1939 年春，王高寨村已有四十多名中共党员。村里成立了救国会、妇救会、儿童团、姊妹队，不久又成立了抗日自卫队。

自卫队得有武器，买又买不起。村里王清和为首的三户大地主联合出钱成立了保安队，有三十多支枪。党支部看上了这些枪，合计了多次，决定"借"枪"借"人。

硬借肯定不行，党支部书记王兆玉决定"智取"。他找到王清和，讲了一通抗日救国的道理，然后提出借钱买枪，王清和没有同意。又提出借枪，王清和也没有同意。

王兆玉最后说："这样吧，枪和钱暂时都不好办，你帮个人场吧，在救国会挂个名？"

王清和一听不用出枪出钱了，欣然同意："好！好！就按你说的办，咱们合伙好啦，我当副会长吧！"

就这样，王清和一没出钱二没出枪，当上了抗日救国会的副会长。

过了一段时间，抗日自卫队请王清和开会。王兆玉客气地让他坐在上座，请他讲话。王清和冠冕堂皇地讲了一些抗日的话。王兆玉趁机又提到枪的问题，请王清和拿主意。

大庭广众之下刚刚讲了话，王清和坐立不安，最后耍了个滑头："这样吧，咱一家人不说两家话，自卫队也好，保安队也好，反正都是抗日的，枪跟人走，让弟兄们选择吧！"

王清和心想，保安队是他亲手培养多年的人，而且每月都要发饷，自卫队没钱，谁肯到自卫队去？他们不去，不能说我不给枪了吧！

谁知这正中王兆玉下怀："好，那现在就把保安队集合起来，叫大家自选。"

王清和哪里知道，前段时间争取了自己参加抗日救国会后，地下党员接着就进入了保安队，做起宣传动员工作。

三十多个保安队队员，当场选择参加自卫队的就有二十七人。剩下几个一看这场面，把枪交给王清和不干了。

王清和一下傻眼了，眼看着连人带枪都给了自卫队。可主意是自己出的，又没法反悔，只能哑巴吃黄连——有苦难言。

就这样，全村三十多支枪全部掌握在共产党员和抗日积极分子手里了。王高寨群众真正有了自己的抗日武装。

1944年6月9日夜，伪三区区长陈万诚指派汉奸王洪思带领"黑杀队"偷袭王高寨。自卫队得知后，决定中途截击来犯之敌。二十名队员全副武装，一口气跑了五公里，埋伏在坟林里。一会儿，一百多个伪军顺着大路赶来，有说有笑，毫无戒备。

待敌人完全进入伏击圈之后，队长一声令下，步枪、手榴弹同时开火。敌人顿时乱作一团，抱头鼠窜。王洪思举起手枪正要反击，被自卫队队长一枪击中手腕。三个伪军被打伤活捉，其余都逃了回去。

1945年4月，兰封、考城、东明三个县的日伪军六百余人，在陈万诚的引领下，进犯王高寨。地、县委指示，王高寨是东垣县的南大门、冀鲁豫边区的前哨，一定要顶住。

党支部召开了保卫王高寨誓师大会，发动全村男女老幼，绕村筑起一道土围子，白天站岗放哨，夜里扯起"拦马绳"，严加防守。

4月7日夜，日伪军把王高寨包围了起来。自卫队队员和男女老幼手持大刀长矛、锄头棍棒，都拥上了街头。党支部立即做了战斗部署。

拂晓，敌人发起进攻，自卫队躲在寨墙里面沉着应战。敌人在火力掩护下，组织首次冲锋，还未爬上寨墙，便被自卫队一阵猛烈扫射，连滚带爬地退下。敌人一连四次冲锋，都被民兵击退。

陈万诚气极了，和日军队长一起指挥第五次冲锋。自卫队

菏泽市烈士陵园

队长王清平带领民兵临危不惧，坚守阵地。敌人的手榴弹落在身边，他捡起来甩向敌人。

战斗越打越激烈，前沿阵地的一幢房子被打得着了火，烟雾呛得守寨民兵睁不开眼，敌人乘机冲入寨内。村民王宪文赶来增援，和七八个日本兵相遇。日军倚仗人多，叫着要捉活的。王宪文手持长矛和日军周旋，一连刺倒了几个，最后身受重伤，壮烈牺牲。

敌人进寨后，自卫队队员们一面掩护全村妇女老幼撤到村内楼院，一面凭借院落固守阵地。

天亮时，自卫队队员撤到了楼院。

敌人要放火烧楼，一堆堆的柴火已把楼门堵严。妇救会主任冯连如带领女民兵用砖头瓦块砸得敌人不得近前。日军队长用刀逼着士兵过去点火，生死关头，一个队员从楼上甩下了仅有的一颗手榴弹，"轰隆"一声，炸倒了好几个敌人。

就在这关键时刻，村外响起了军号声，县大队的两个连、六区中队的两个班赶来增援，周围联防村的武装也赶来了，敌人仓皇撤退。这时聚集在楼院的自卫队队员一齐出动，把敌人堵截在村中，杀的杀，砍的砍。敌人乱作一团，争着逃命。县大队及自卫队队员一直追杀到离村十里的荆岗、兰通一带，毙伤伪军四十三人、日军二人。

王高寨保住了，"红色堡垒村"的名声流传开来。

（二）妇女儿童齐上阵

战争，从未让女人和孩子走开。国土的沉沦和民族的危机，曾给鲁西广大妇女儿童带来深重灾难，也促使他们一步步觉醒，与男人和父辈一道走上救亡图存之路，成为争取民族独立、人民解放的重要力量。无论是驰骋烽火硝烟的战场，还是直面鲜血淋淋的刑场，他们都挺身而出，英勇无畏地抛洒了如花的青春和如沸的热血。

1. 女英雄李冉

1941 年 10 月，郓南县农民抗日基干队中出了叛徒。10 月 13 日夜，国民党顽军出动一个团的兵力，将郓南县抗日民主政府、县委及县工农青妇抗日联合救国会驻地圣寺黄庄、大黄庄重重包围。

当时，郓城县五区妇救会主任李冉等八名妇女干部正住在圣寺黄庄村西的一个院子里，叛徒韩洪毅引领敌兵进入院内，堵住了李冉住的西屋房门。

李冉发现敌人后，为掩护住在北屋的同志们脱险，临危不惧，高声呼喊："同志们，敌人上来了，出了叛徒，快冲！"

手无寸铁的李冉奋不顾身扑向敌人，与敌人扭打在一起，将进入院内的敌兵全部引到自己身边。住在北屋的同志们趁机冲出院子，成功脱险。李冉却不幸落入敌人魔掌。

李冉被捕后，先是被押解到菏泽安兴集冯庄村，后又被连夜送往国民党专员孙秉贤所在的刘楼村。

李冉本名冉秀如，1919 年出生于河北省遵化县一个贫苦农家，一家五口全靠父亲租种地主的几亩薄田艰难度日。十岁那年，母亲病逝，地主又收回了她家租种的土地。为了让孩子活命，父亲忍痛把李冉送进一个阔太太当侍女，不久，她又被转卖给另一户人家。

七七事变后，日军侵占了我国大片领土，李冉跟随逃难的流民来到山东郓城。生活的艰辛，富人的欺凌，异族的入侵，这一切都让李冉心生悲愤。1939年7月，在党的教育和引领下，她毅然走上革命之路。

1940年12月，李冉光荣加入中国共产党。

她的入党介绍人郑鲁民问她："如果一旦被敌人逮捕，你该怎么办？"

李冉毫不犹豫地回答："像烈士们一样，宁做刀下鬼，不做阶下囚，永不叛党！"

铮铮誓言，深镌于心，虽九死而犹未悔。

在阴森恐怖的审讯室，卫兵持枪站立，杀气腾腾，李冉坦然受审。

坐在太师椅上的孙秉贤板着脸问："你给共产党做过什么事？"

李冉自豪地说："我做的都是抗日救国的事。"

孙秉贤又问："你们的人都跑到什么地方去了？"

李冉回答道："他们逃出了你们的魔掌，到他们该去的地方去了！"

孙秉贤摆出笑脸，劝说李冉："你一个年纪轻轻的女子，干点什么不好，非要为共产党卖命！还是自首了吧，自首就是自救。"他一边说，一边将一份自首书递到李冉面前。

李冉看都不看，满脸都是鄙夷的表情。

孙秉贤劝降不成，恼羞成怒，大喝一声："用刑！"

李冉受到严刑拷打，几次昏死过去。尽管遍体鳞伤，她也没有吐露一个字。

孙秉贤无计可施，喝令："拉出去活埋。"

在匪兵的押解下，李冉从容地向刘楼村东北的河沟里走去。

刑场上，敌人早已挖好几个深坑，突围时被捕的同志邵思佳、王斯立、王尔臣已被推入坑内。

李冉站在坑边，昂首挺胸，大义凛然。

孙秉贤走过来，指着深坑对李冉说道："怕不怕？自首不自首？这是最后的机会！"

李冉面无惧色，斩钉截铁地说："少啰唆！"

李冉昂首阔步，毅然跳入坑内，英勇就义。

这　年，她二十二岁。

2. 小脚女团长周姜兰

在鲁西南抗日历史上，冀鲁豫支队五大队二团团长周姜兰是位传奇人物。冀鲁豫支队司令员杨得志曾称赞她："我手下这位小脚女团长，堪为鲁西南抗日群众的妇女之光。"

周姜兰本姓段，是曹县古营集段庄村人。她个性倔强，自作主张嫁给了袁新庄的周瑞廉，并随丈夫改姓周。后来丈夫因病去世，周姜兰成了一家之主。1938 年 11 月，日军侵占曹县后，土匪、汉奸趁机作乱，欺凌百姓。周姜兰性格刚强，决心买枪抗匪护村。她找到村里有名望的人商议，大家都很赞成她的提议。她率先出钱买了七八支步枪，组织了一班青年人护村守夜。

1939 年 3 月，八路军冀鲁豫支队开赴鲁西南后，周姜兰听说这支部队纪律严明，专打鬼子，对老百姓秋毫无犯，她半信半疑。邻村有几个青年参加了八路军，她去打听情况，并要求见见八路军。

麦收后的一天，周姜兰来到了冀鲁豫支队五大队驻地。政委宋励华亲自到村头迎接。他告诉周姜兰："现在国难当头，百姓遭殃，需要大家有人出人，有钱出钱，有力出力，联合起来打鬼子。八路军是共产党领导的抗日队伍，领导鲁西南人民抗日保家，欢迎你为抗日出力！"

周姜兰亲眼看到战士们帮助群众打水、扫地、做农活，跟群众亲如一家。她对宋励华说："八路军不抢不拿，不祸害百姓，是真心抗战的队伍。我要回去卖地买枪，跟咱八路军打鬼子！"

周姜兰说到做到。她回去后一次就卖了四十多亩地，买了三十多支枪，集合了百十名青壮年，拉起一支抗日武装，被编为冀鲁豫支队五大队第二团，周姜兰被任命为团长。杨得志亲自接见周姜兰，她激动地说："没想到我也能带兵打鬼子，一定跟着共产党抗日到底！"她动员本村富户出钱、出地、出粮，壮大了队伍的声势。

周姜兰骑战马，挎双枪，战斗中必冲在前。她有知识，有智谋，打伏击，拔据点，连连告捷。她还经常把军鞋、军袜、粮草、药品等送往五大队。

周姜兰名声越来越大，日伪军恨死了这个八路军女团长。

一天，驻曹县日军得到情报，说周姜兰回到了袁新庄，小队长松本带领日伪军向袁新庄扑来。当时二团的战士都随大部队执行任务去了，周姜兰只有一个警卫班。硬拼肯定不行，她命令警卫班班长："你带领战士赶紧出村隐蔽，迂回到敌人背后南边几个村庄。若午后敌人不走，你们就向袁新庄打一阵枪，随即向东转移，跟敌人打游击。我留在村子里，给大伙做个主心骨。"

中午时分，敌人气势汹汹进了村。松本命令全村人集合起来，翻译站在石磙上，粗声粗气地说："你们村的周姜兰是八路军的女团长，听说昨晚回到袁新庄来了。周姜兰，你快站出来！"

群众没人应声。

鬼子逼问了一阵，见没啥效果，就把男女分开，对妇女挨个辨认。轮到周姜兰了，她面不改色，坦然站在敌人面前。鬼子恶狠狠地盯着她：

"你，八路女团长！"

"不是，我是袁新庄的老百姓，不信你问村里人。"

"她不是周姜兰！"群众异口同声地说。

松本看着这位土里土气的小脚女人不像团长，又问周姜兰："你说周姜兰在哪里？"

周姜兰不紧不慢地说："周姜兰昨天晚上带着八路军队伍来过，很快就走了，不知道去了啥地方。"

日伪军仍不死心，继续威胁群众。这时，村外的警卫班战士打起了枪，敌人怕被八路军包围，匆匆撤回县城。

周姜兰带领二团战士转战曹县、东明、濮阳一带，足迹遍布黄河南北，在群众中的威望越来越高。她的许多传奇故事在鲁西南广为流传。

新中国成立后，杨得志任济南军区司令员，多次到菏泽看望周姜兰，并专程请周姜兰到济南家中做客，畅谈当年鲁西南的抗日往事。后来，周姜兰被选为人大代表，两次赴京参加全国人民代表大会，见到了毛泽东主席。

3. 少年英雄孙洪喜

古老的运河从夏津县柳元庄村边流过，每到夏季，两岸的高粱、谷子低垂着头，微风吹过沙沙作响，和着流水声，像是在哀悼永远十六岁的少年英雄孙洪喜。

孙洪喜，1929 年出生于柳元庄一个贫农家庭，全家靠租种几亩薄田和给地主打短工艰难度日。他十二岁就到地主家当了只管吃饭、不开工钱的小长工，饱尝了被剥削之苦，养成了倔强的个性。

1945 年初，柳元庄成立了民兵组织模范班，十六岁的孙洪喜报上名。从此，他浑身像有使不完的劲儿，嘴角总是挂着自豪的微笑。他抢着站岗放哨、值班巡逻，争着半夜泗水过河送情报。民兵们夸赞："别看小洪喜黑瘦又矮小，真像一只小老虎！"

6 月 22 日凌晨，二百多名伪军奔袭包围，妄图一举歼灭柳元庄的民兵。正在放哨的孙洪喜发现敌情，急忙奔到民兵队部报告。

二十多名九区游击队队员恰好夜宿柳元庄。游击队指导员杨志坚和民兵队长王守德立即组织突围。因敌众我寡，二人依仗地况，率领一部分游击队员和民兵冲杀出包围圈，剩下的则被压缩到一处农家院内。

由于年龄小，孙洪喜和袁义荣跑在了最后面。袁义荣慌忙藏进北屋的草堆中，把小马枪掉在院子里。孙洪喜手持红缨枪扎向一个伪军，结果被顺势夺下。他弯腰去捡小马枪，伪军蜂拥而上，将他按倒捆绑起来。

一个伪军头目气势汹汹地问："那个小八路藏在哪里？"

孙洪喜侧目而视，不予理睬。敌人将刺刀顶到他身上，逼问："不说就宰了你！"他挺胸昂首，一声不吭。

屋里屋外搜了一阵，没有找到袁义荣，匪兵就把孙洪喜推搡到郑保屯村的伪军区部，用铁丝捆在电线杆上。

匪兵头子老解奸笑着："嘿嘿，你受委屈了。刚才的小八路藏到哪里去了？他叫什么名字？只要你说出来，就放你回去。"

孙洪喜厉声道："不知道！"

"你是不是民兵？"

"是又怎么样？"

"那你说说你们村都有谁参加民兵？"

"不知道！"

见来软的不行，老解凶相毕露："好，这小子不吃好果子。来人呀，割掉他的耳朵！"

一名伪军丧心病狂地用刺刀割掉了他的左耳，鲜血顺着脸颊流淌。他咬紧牙关，怒目而视。

敌人见问不出什么，把他押到郑保屯村南的家庙前处死。

经过王志昌馍房门口时，孙洪喜平心静气地对他说："二叔，你告诉我爹，我回不去了，我没有丢乡亲们的脸。"

一口铡刀摆在桌前。老解和绰号刘花鼓的刘俊堂端坐桌后，荷枪实弹的伪军林立会场内外。

老解声嘶力竭地讲了一通话后，下令把孙洪喜押进会场。

老解假惺惺地说："孙家小子，你小小年纪，受了共产党的蒙骗，只要指认出你所认识的民兵和家属，就放了你。"

孙洪喜把头扭向一旁，傲然挺立。

"我看这小子铁了心，铡了他！"刘俊堂暴跳如雷，拍着桌子喊叫，"谁再与共产党、土八路串通一气，就满门抄斩！"

孙洪喜被按入铡刀口，老解又下令将他拉起，摆出一副慈善的面目："我看你是条汉子，只要你答应不再干民兵，就放你一条生路！"

老解围着铡刀踱步，孙洪喜紧抿双唇，不拿正眼瞧他。

刘俊堂摆摆手，让伪军再次将他按倒："再给你最后一次机会！你现在讲出来不晚，否则……"

孙洪喜泰然自若，站起来，从牙缝里迸出几句话："呸！你们休想！你们杀吧！再过二十年我又是一条汉子。你们要知道，共产党、八路军是杀不绝的！他们一定会为我报仇，你们快完蛋了！"

刘俊堂无计可施，咆哮道："铡死他！"

孙洪喜环视一下周围的群众，自己躺入铡刀口。

伪军按下了铡刀。

孙洪喜被铡断了气管，血肉模糊，虽喊不出来，仍圆瞪双眼，逼视敌人。

气急败坏的刘俊堂令人抱来一束高粱秸，垫在孙洪喜的颈部，遮挡住逼人的视线，抬起铡刀残忍地再次摁下去……

运河呜咽，梁谷垂首。如今，少年英雄孙洪喜的故事，依然在鼓舞着鲁西人民昂扬奋进的脚步……

4. 儿童团团长高世法

单县红色湖西教育基地有一组少年群雕，塑造的是七位湖西少年英雄，其中一个叫高世法的儿童团团长，十六岁就牺牲在了敌人的枪口下。

高世法是单县东关街人，1931 年出生，九岁时因生活困顿辍学，靠沿街叫卖瓜果和烧饼、油馍糊口度日，经常遭受各类兵匪的欺侮。

十二三岁时，高世法已长成个半大小子。一次，单县党组织领导开展反奸诉苦运动，见他机灵，就吸收他加入了儿童团。后来，由于立场坚定，斗争积极，他被选为东关街儿童团团长。从此，他从油馍摊上赊油馍，提着篮子走街串巷，以此为掩护，在城内站岗放哨或打探敌情。

1945 年深冬，他趿着裂个大口子的鞋去打探情报，脚上冻裂的血口子踩在雪地上，一步一个血印，像朵朵梅花沿路盛开。儿童团团员朱启芝目睹此景，写了篇名为《血印》的文章，还登上了《冀鲁豫日报》。

1946 年春，国民党军占领了单县城。还乡团团长陈黑子带着队伍又回来了，据说住在南北街的一个大院里，部队要求儿童团弄准确。

夜里，高世法带领几个小伙伴，悄悄爬上院子的西墙侦察。正要翻墙，一只猫突然跳上了墙头。守门的卫兵听到动静，冲着墙就吆喝。他马上学了几声猫叫，卫兵一听，放松了警惕。高世法他们经过仔细观察，确认是陈黑子组织人在堂屋里"推牌九"。消息送走，陈黑子很快就被"端"了。

这年8月，国民党军队向解放区大举进攻，湖西解放区实行战略大转移。为坚持单县城里的对敌斗争，高世法和一批同志留下来，继续在城区秘密活动。

一天，高世法又去赊油馍，被一个还乡团的人看到，向国民党县长周鹤村告了密。还乡团当即将他抓获，严刑拷打。

"你们的队伍哪里去了？干部到哪里去了？"

他斩钉截铁地回答："不知道！"

敌人用皮鞭抽，用板子打，灌辣椒水，上老虎凳，妄图用酷刑使他屈服。

高世法咬紧牙关，拒不回答。

敌人恶狠狠地咆哮："再不供出来，就枪毙了你！"

遍体鳞伤的高世法吐出满口鲜血，说："不知道就是不知道！不要拿枪毙吓唬我，你杀了我，也杀不完儿童团！"

敌人得不到任何秘密，恼羞成怒，杀心顿起，遂将他押赴刑场。

走出狱门，高世法大声高呼："共产党万岁！我们的队伍会回来的，绝不会饶过你们！""我高世法今年十六岁，你杀了我，十六年后我还要报仇！"

单县湖西革命烈士纪念塔

　　一个敌军恫吓道："再叫，把你的嘴豁开！"

　　高世法怒目而视："我还有喉舌骂你！"

　　押解人员听了，暗自佩服："这小孩真是顽强。可能喝了八路军的'迷魂药'，真了不起！"

　　与他同赴刑场的二十五名同志一个个在他左右倒下，高世法始终面无惧色，一遍遍高呼："共产党万岁！"

　　"砰！"一颗子弹射中头部，高世法血流如注，轰然扑地。

　　敌军刚要离开现场，高世法猛然起身，张口怒骂。

　　刽子手见状，上去补了一枪。他再次倒了下去。

　　看看没了动静，敌军又要离去。

　　不料，高世法又突然跃起，骂声更加响亮。敌军又气又恼，向他连开数枪。

　　这一次，高世法再也没有醒来……

5. 地下交通员秦培伦

　　1938 年，平阿抗日基干大队在平阴、东阿、东平三县设立了交通分站。交通站的地下交通员秦子玉有个儿子叫秦培伦，不太爱说话，但头脑灵活，胆大心细，"鬼点子"多。

　　秦子玉在平阴县丁泉村村公所当伙夫。秦培伦常随父亲在村公所玩。秦子玉有时候抽不开身送信，觉得秦培伦是个孩子，不引人注意，就把一些容易送的信交给秦培伦。

　　一个不到十岁的孩子能干什么大事呢？敌人也放松了警惕，秦培伦又能沉着应对，几次送信都很顺利。

　　区领导认为秦培伦勇敢机智，就让他正式担任交通员，成了平阿山区最小的通讯员。

　　这一年，秦培伦刚刚九岁。

　　此后，秦培伦常常以讨饭、拾粪、探亲为掩护，骗过敌人的盘查，传递情报。

　　1941 年，秦子玉送信时被敌人逮捕。受尽酷刑后，敌人把他送到日本做苦工。

　　父亲不在的日子，秦培伦接过了他的任务。不管是平阿山区还是山西、河南，都留下了他的足迹。他胆大心细，总能化险为夷。拾粪筐底、馒头、耳朵眼、鞋帽、衣缝都是他藏信的好地方。

　　1942 年，东阿城敌人要"扫荡"山区，急需把消息报告给驻在任庄的县政府和县大队。任务落到了秦培伦的肩上。从丁泉村到任庄，必须经过敌人看守的石牌子碉堡。秦培伦把信用柳树条子别在粪筐下面，又在粪筐上铺了一层粪，就这样背着粪筐躲过了敌人的盘查，成功通知部队转移到大寨村，躲过了敌人的"扫荡"。

藏在大寨村也不是办法，最好能把敌人引过来消灭掉。

秦培伦带上小战友黄庆珍，准备演出好戏。

两个人装作脏兮兮的农家小孩，在距离敌人不远处放起了鞭炮。鞭炮的声音很像枪声，很快把敌人吸引了过来。带头的日军看是两个孩子，用刺刀顶住他俩带路找八路。

秦培伦和黄庆珍装作怕得不行，同意给日军带路。三十多人的队伍跟着秦培伦走进了包围圈，被我地方武装痛击。当地的所有干部都得以成功转移。

这一年，秦培伦刚满十岁。

1943 年 3 月 20 日，一区区长让秦培伦到谢庄通知行政助理员到大寨开会。不到五公里的路途有两处敌哨，尤其是杨河大桥，是敌人控制山区的咽喉要害。秦培伦提了一小篮馒头装作走亲戚，出发了。

经过石碑子敌哨时，他左手握着信和篮子提手，右手掀起布，露出馒头，让敌人检查。敌人抓了两个馒头塞入口袋，放他走了。

过第二道关卡却没有那么容易了。一到杨河大桥，秦培伦见气势汹汹的敌人注视着他，知道不好骗过，就佯装小便，到沟里将信看过后一口吞掉。

敌人虽不认识他,但都知道有个叫秦培伦的小孩子不简单。

刚到关卡口，有个人就大喝一声："你是不是秦培伦？！"

秦培伦镇定自若，不慌不忙地说："俺不姓秦，俺是大寨村的，到纸坊村看姥娘去。"

敌人又查他的馒头，把馒头都捣碎了也没看见什么情报，气急败坏地踢了他几脚，只能把他放走了。

这一年，秦培伦十一岁。

抗日战争胜利了，秦子玉回到了平阴。父子团聚了，刚过上几天平静的日子，内战又爆发了。

1947 年，国民党反动派进攻平阴县，我军和地方机关转至黄河北岸。组织上考虑秦培伦年龄小，就把他留了下来。

可谁能想到，这一留，居然断送了秦培伦的性命。

8 月 19 日，还乡团的头目周贵庆和姜广延抓走了秦培伦，用重金诱惑他说出共产党的秘密。秦培伦痛骂他们："你们这些反动派，别想从我这里知道一个字！"

周贵庆恼了，残忍地割下秦培伦的耳朵和鼻子。

秦培伦满身都是鲜血，昏死过去。敌人用冷水把他泼醒，问他："都这样了，你还不说？"

秦培伦咬牙切齿地说："我死也不说！"

敌人继续对他动刑，还是一无所获。周贵庆决定在洪范大集上对秦培伦剖腹挖心。

还乡团调集了好几百人把守大集，让前来营救的我党人员无法下手。

秦培伦已经被打得没有人样，他步履蹒跚，被敌人押着走进刑场。

一个敌人捂住秦培伦的眼睛。秦培伦一把推开他的手："把手拿开！别捂我的眼！我要亲眼看看你们这些魔鬼是怎么下毒手的！"

在一声声撕心裂肺的惨叫声中，秦培伦被刽子手剖腹挖心，壮烈牺牲。

秦培伦的生命，永远定格在了十五岁！

秦培伦烈士塑像

十五岁，许多人还是未谙世事的孩子，沐浴着家庭和社会的关爱。然而在山河破碎的年代，十五岁的秦培伦用鲜血染红了祖国的万里江山，以铮铮铁骨铸造了中国刚硬的脊梁。

（三）群众就是青纱帐

鲁西抗日根据地属黄河冲积平原，缺少山岭沟壑作掩护，人民群众就利用自然屏障，隐蔽在青纱帐里躲"清剿"、救伤员、运物资、送干粮等，巧妙开展游击战争。秋收时，群众搬着梯子，剪下高粱穗头，特意留下青纱帐。没有青纱帐时，群众就变成了掩护共产党员和人民军队的青纱帐。人民就是最好的青纱帐，就是永远挺立的青纱帐！

1. 王二嫂智勇斗敌

1942 年的一天早晨，天还没亮，微湖大队的刘德功、王锡武和王吉森与敌人周旋了一夜，拖着饥饿疲困的身子来到南庄。王锡武高兴地说："可到家了，饿死了，先到二嫂家填饱肚子，再向湖里转移。"

二嫂是微山湖区抗日青联主任王吉德的家属，胆大心细，为人耿直，乐于助人。由于排行老二，同志们都称二嫂。

三人来到一处屋门前，王吉森轻轻敲打着门板。

"谁呀？"屋里传来二嫂的问话。

"是俺和锡武、吉森。"刘德功抢着答道。

二嫂一听，匆忙起床，开门把他们让进屋。"这几天，鬼子像找魂儿似的没完没了地来搜查，闹得村里鸡飞狗跳，我想一定是你们又打胜仗了。"二嫂爽朗地笑着说，"你看，光顾说话了，你们先歇着，我去做点吃的。"

"汪汪汪！"村外忽然传来狗叫声。

"鬼子进村了！"二嫂匆匆放下手中面盆，反手把门关上，吹灭了灯。此时，狗叫声、人吵声、马嘶声响成一片。

"走！咱们不能连累二嫂！"刘德功拔出手枪，就要向外冲，锡武、吉森也把手中的枪打开了保险。

"不行，太危险！"二嫂用身子挡住屋门，拦住刘德功，顺手夺过他的手枪关上保险，弯腰掖进了堆满柴灰的鏊子底下。

听到动静，大嫂和王吉森的家属也都来了，面对突变，大家的目光不约而同地转到二嫂身上。二嫂环顾了下四周，冷静地说："大嫂，你把锡武领走。弟妹，你们两口子回自己屋。这里我来应付。"说完，她转身拉着刘德功把他按在床上。

原来三人刚进村，就被汉奸发现了，报告了日军。一队日伪军马上赶来了。

南庄村统共几十户人家，敌人挨户搜查起来，一时鸡飞狗跳，孩子哭，大人叫。

二嫂三家共住一个独院。大哥王吉善在八路军一一五师教导四旅当营长，几个月前在湖西与日军的一场血战中牺牲。三弟王吉森在微湖大队打游击。王吉德做地下工作，经常奔波在外。因而，这个大家庭就靠她妯娌仨支撑了。

砰！砰！砰！鬼子砸门了。二嫂沉着地给刘德功盖好被子，说："稳住神，躺着别动！"转身出去开门。

门刚打开，几个日伪军便冲进院子。

"'毛猴子'的有？'毛猴子'的有？"一个曹长一手比画着"八"字，瞪着眼珠问道。

"妇道人家，出门不多，没见过'毛猴子'。"二嫂从容不迫地答道。

曹长抽出东洋刀。

"太君，真不知道！"二嫂故意怯懦地后退几步，捋了捋散乱的头发，回道。

曹长叫骂着，把刀架在二嫂的脖子上。

"太君，床上有人！"一个伪军发现了床上的刘德功。

曹长上前一步，盯着刘德功的面孔，露出杀人的凶相。

"太君，他是俺男人，昨天下湖冻病了。"没等刘德功开口，二嫂从从容容地答了，并解下包头布来到床前，伏身给刘德功擦了擦脸上的汗，道："越说身子不好不能下湖，越是不听。这下好了，病成这样子。一家人喝西北风去吧。"边说边用眼神示意他沉住气。

一个日军推开二嫂，用枪上的刺刀挑开被子。由于刘德功近些天频繁作战，弄得面黄肌瘦，倒也像个病汉，敌人没继续怀疑。

人没搜出来，曹长很不甘心，死盯着二嫂，在屋内踱来踱去。突然，他一个趔趄，差点摔个仰八叉，原来碰到了屋角的鏊子。他顿时火起，拿起一根棍子就要拨灰。

不好！枪就在下边！

"太君，想吃煎饼吗？"二嫂急中生智，迎了上去。

曹长把棍子一扔，咧嘴笑了，连说："好的，好的！"

"大嫂，老三家，快来给皇军磨糊子摊煎饼。"

大嫂、三嫂刚把锡武、吉森隐蔽起来，正被日伪军纠缠，听到二嫂的喊声，摆脱敌人拿出粮食担来水，慢悠悠地推磨磨糊子。

太阳从湖面上冉冉升起，日伪军闹腾了大半天，有的倒在草垛上睡觉，有的拿着二嫂摊的煎饼吃着。

这时，日军带来的东洋狗这里闻闻，那里扒扒，一会儿来到二嫂的鏊子跟前，扒得柴灰到处飞，手枪的枪把露出了半截！躺在床上的刘德功正要下床，二嫂眼疾手快，轻轻用火棍一拨，枪又掩埋了起来。

东洋狗似乎发现了什么，还想扒那闪着火花的柴灰。二嫂举起棍子，想把它赶走，突然进来了一个想拿煎饼的伪军。二嫂放下棍子，顺手卷起一个刚下鏊子的煎饼对着狗扔过去："给，吃去吧。"

狗吓了一跳，嗅了嗅，摇着尾巴跑了。

日伪军最终一无所获。刘德功三人安全脱险了。

2. 高粱地里救伤员

单县杨楼卯湖村至今还有一处被日军烧毁的房屋废墟，那是当年老百姓拼命救伤员、军民鱼水情深的见证。

1943 年秋，徐州、济宁、商丘、新乡等地日军及伪军孙良诚部万余人，在飞机、坦克的配合下，对湖西抗日根据地进行"扫荡"。湖西大地炮火连天，硝烟弥漫。孟宪文家所在的杨楼，是日伪军"扫荡"的重点区。孟宪文的父亲几年前参加了县大队，家里就剩下了他和母亲。

一天，孟宪文趁天黑前到地里割草喂羊，突然从高粱地深处传来一阵呻吟声。他分开高粱秆，发现高粱地里躺着两名血肉模糊的军人。借着渐渐暗下来的残光，他认出这是两名八路军战士。

见到孟宪文，两名伤员警惕地搂紧了怀里的步枪。孟宪文小声说："我爹是抗日大队的，我家是抗日军属，你俩别担心！"两人放松下来，脸上露出了笑容。

孟宪文问："大哥，你俩是哪个队伍的？"

"十团的，掩护主力部队突围负伤了，在这里一天一夜了。"小个子战士回答。

"我是卯湖村的，就在附近。鬼子回老窝了，你俩先到我家养伤吧！"

趁着夜色掩护，孟宪文将两名伤员背到了家里。

孟宪文家在卯湖村西头，土打的围墙圈着两间低矮的草房。孟宪文和母亲将两名战士安顿好，赶紧烧了面汤。大个子伤员叫张大勇，伤口化脓生了蛆。孟大娘小心地将蛆拨出，用盐水冲洗伤口，敷上草药。

一连几天，孟宪文到处买药，孟大娘煎药喂服，精心照顾。

没几天，日伪军听到消息，来到卯湖村。孟宪文出门一看，村里像开了锅一样，乡亲们都在拖儿带女往村外转移。敌人很快就来，伤员还不能走路，怎么办？听着村外越来越密集的枪声，孟宪文和母亲急得团团转。

张大勇说："大娘，您和宪文兄弟赶紧走，我们手里有枪，真的躲不过去，就跟敌人拼了！"

孟大娘说："不行！孩子，你们不能走！大娘是抗日军属，无论咋样都要保护好你们。现在，你们一定要听话！"接着对孟宪文说："快去找几个邻居过来帮忙！"

孟宪文很快叫来了四个年轻人，抬着伤员躲进了村北的高粱地。地的南边紧靠大道，两旁挖有一米多深的抗日沟。一连几天，他们就在高粱地里与鬼子周旋。

敌人搜不到他们，恼羞成怒，放火烧了孟家的房子。

回到村里，两个伤员难过得流下了眼泪："大娘，我们连累您了！房子烧了，以后你们住哪里呢？"

孟大娘说："孩子，别难过，咱们根据地的老百姓不怕敌人狠。房子烧了，咱们能住地窖。只要保住了人，就啥都有了！"

2019年，单县开始筹建新时代文明实践中心红色湖西教育基地，工作人员拿着老八路的回忆录，辗转寻访孟大娘一家。他们费尽周折，只找到了当年孟家被烧的房屋废墟，却没找到孟家人。后来查找孟氏家谱，终于找到了在贵州的孟大娘的孙子，他讲述了以后的故事。

房子被烧后，孟宪文带着孟大娘参加了八路军。他不怕牺牲，英勇作战，曾多次立功。1949年，孟宪文随部队南下作战，后退伍转业到贵州省安顺市普定县金融部门工作。新中国成立后，孟大娘也被儿子接到贵州生活，1964年7月去世，享年七十四岁。

单县红色湖西教育基地内的场景塑像

孟宪文 1997 年去世。他戎马半生，却从未向儿女讲述过自己的英雄经历。当年，报纸上登载了《高粱地里救亲人》的故事，孩子们拿着报纸找孟宪文求证时，他只是点点头，依然默默不语，不多说一字。

得知家乡正筹建红色湖西教育基地，孟宪文的孩子捐赠了父亲的军功章等文物。

老百姓拼命救伤员的故事，当年在菏泽大地比比皆是。家家掩护八路军，村村都有"孟大娘"。

3. 战地医院在农家

在抗日前线，将士们冒着枪林弹雨冲锋陷阵，后勤保障中有个不可缺少的部门——战地医院。

1941 年鲁西与冀鲁豫两区合并之后，成立了冀鲁豫军区野战医院。平原抗日根据地与山区不一样，不仅在县城有日军据点，集镇上也有日军碉堡。我军的医院离敌人碉堡远的有几十里，近的只有几里地。在如此危险的地方办医院，靠的就是人民群众的生死相护。群众的支持是战地医院密不透风的青纱帐，是伤员们养伤的铜墙铁壁。

冀鲁豫第二军分区战地医院先后设在范县、莘县、郓城一带。为躲避敌人"扫荡"，医院有时一天要转移两三个地方。一有"扫荡"消息，伤病员很快就分散到各村群众家里，编个假名字，和房东扮作亲属，报在敌人的花名册上。风声紧了，群众就背着伤员躲在高粱地里，躲在地洞里。秋天该收庄稼了，群众只砍高粱头，高粱收了，青纱帐还在，照样可以和敌人周旋。

莘县王庄集镇刘王店村曾被冀鲁豫边区首长誉为"坚强的北大门"，是苏村阻击战时的战地医院。最多时，这里一次住进八路军三十七名伤员，分住在三十七家农户中。为防止敌人突袭，村民在村周边建了一些假坟头，将行动不便的重伤员藏匿其中，每晚过来为伤员清洗伤口、换药、端水喂食，尽心照顾。

为了分散对付敌人的"扫荡"，一个战地医院的伤病员有时分在十几个村庄，与群众同吃同住。医生化装成郎中，挨村去查房，查一遍得一周时间。当时粮食和药品极度匮乏，村民们省吃俭用，鸡蛋省给伤员吃，小米汤留给伤员养身体。伤员换下来的纱带，妇女们主动帮着洗，洗好后放到盐水里煮，晾干了再用。

只要条件允许，战地医院都专门设立"群众病房""简易病床"，为老百姓看病治病。医护人员向群众宣讲卫生知识，用生石灰为村子消毒，减少疾病发生。

敌人"扫荡"时，为了不连累群众，医护人员就把药品器材埋进村外的沙地里，伪装成若干个坟茔。有的"坟茔"里还埋上一触即炸的地雷，敌人一旦发现进行挖掘，这里就成了埋葬鬼子汉奸的坟墓。

农家战地医院从抗战时期一直延续到解放战争。1947年7月，刘邓大军强渡黄河南下，阳谷县石佛镇青杨李村作为战地医院，收治了数百位在战斗中受伤的解放军指战员。一个个浑身血迹的伤员被送到村里。很快，整个村子快速运转起来。妇女们洗衣服、洗绷带，中青年男人送军粮、抬担架，孩子们也跑前跑后，全村没一个闲人。

由于伤病员太多，床上躺不下，就拼几个木凳，铺上白布就是病床。后来伤员越来越多，干脆就在地上打起了地铺。

为了让伤员尽快恢复，村民们都把自家的粮食贡献出来。很多伤员都是腿部受伤，轻点的是子弹穿伤，重伤的多是被炮弹炸断腿，整个屋里都是浓重的血腥味和药水的味道。村里的孩子们很乐意给他们端水喂饭，忙完后就听轻伤员讲打仗的故事。

鲁西南战役胜利后，伤员转移到冠县继续治疗。当时村里没有马，没有牛，只能靠人来抬。青壮年组成担架组，抬起伤员就往县城赶。

牺牲的解放军战士就葬在老百姓家的地头，一百多位战士长眠于此。没人知道他们的籍贯和姓名，这里就成了无名烈士墓。

1942年，湖西地委、专署、军分区领导同志在单县终兴集合影

和郝楼村一样，鲁西的很多村庄都有无名烈士墓。曹县魏湾镇李楼村当年曾是陇海战役的战地医院，后来有三百多名烈士安葬在一里地外的谌庄村。谌庄村民兵谌贻秋是一名支前民工，目睹了解放军官兵奋勇作战的壮烈场面。战斗中，一位战士为了掩护谌贻秋牺牲了。从此，他决心要为这些无名烈士义务守墓。直到今天，义务守墓工作已经传到谌家第三代谌业俊手中。

　　岁月更迭，风雨侵蚀，很多当年的战地医院已不复存在，那一座座无名烈士墓是冀鲁豫边区党和人民血脉相连的历史见证。

四

初心如磐到永远

不忘初心，方得始终。为中国人民谋幸福，为中华民族谋复兴，是中国共产党人的初心和使命，是激励一代代中国共产党人前赴后继、英勇奋斗的根本动力。鲁西这片革命的红色热土滋养了一代代战斗、成长在这里的英雄儿女和革命干部，铸就了"人民至上"的坚定信仰和精神遗产。他们在革命战争年代为民鞠躬尽瘁，在和平建设时期不遗余力，在鲁西如此，走出鲁西依然如此。人民群众怀念他们，因为他们对人民怀有纯真的阶级感情。这种精神信仰和创造了这种精神信仰的人，永远被铭记在鲁西革命根据地人民心中。

（一）身影永驻丰碑中

在广袤的鲁西大地上，每一寸土地都涌现过无数革命先烈，是他们用鲜血染就了鲜艳的五星红旗，用生命换来了今天的和平安宁。他们的英雄事迹传颂天下，他们的牺牲奉献铭记史册，他们的精神基因融进血脉。斯人已去，忠魂永存，回首瞻望，他们义无反顾的身影永驻丰碑。

1. 生死情牵七十年

2013 年春天，曹县刘岗村三位八十六岁的老人联名给《菏泽日报》写了封信，要求为七十年前牺牲的河南修武籍烈士秦兴体重新立碑。信中说：

> 我们心中的英雄秦兴体的事迹不能发扬光大，这样的英雄没人给树碑立传，这种精神不能弘扬，我们觉得愧对英烈，愧对历史……这是我们人生暮年最后的牵挂，办好这件事，我们可以无憾瞑目了……

七十年，多半个世纪，几万个日日夜夜，是什么原因让这几位老人仍然惦念着一位非亲非故的外乡人呢？

曹县西北的刘岗、曹楼、伊庄三个村在抗日战争时期，被称为"红三村"。1943 年 10 月上旬，日军对"红三村"进行军事"扫荡"。冀鲁豫第十军分区后勤股长秦兴体与群众一起将边区货币、缝纫机、棉花和布匹等物资掩埋后，还没来得及撤走，就被日伪军包围了。

6 日拂晓，日伪军把村民驱赶到刘岗村西门外的场院上，四周架起机枪。翻译向群众喊话："皇军要知道谁是共产党，谁是八路军，八路军的物资藏在哪里。要是不说，别怪皇军不客气！"

群众没人吱声。日军拉出两名青年，当场枪杀。又拉出一

189

个叫杨二孬的青年，吊在树上，活活打死。

日军威胁道："如果不说，就都是这个下场！"

仍然没人说。

下午，日军把群众从西门赶入东门外的寨壕里。寨壕水深三尺多，时值中秋，壕水冰冷，有几个年老体弱者不久便栽倒在水里。

日军拉出四个青年，捆在刑床上，往肚子里灌满泥水，再用棍子压。侯秋寒被压断肠子当场咽了气，侯秋思和孙雨运两人被活埋。剩下的一个青年被狗咬、鞭打、刀刺，折磨致死。

寨壕里，秦兴体几次想冲出去，但都被周围的村民暗暗拉住了。

无论怎样滥施淫威，日军始终未得知八路军的物资藏在哪里。指挥官恼羞成怒，猛地举起指挥刀，嚎叫一声。日军立刻刀出鞘、弹上膛，眼看一场大屠杀就要开始，寨壕里的群众危在旦夕。

"我就是八路军！我就是共产党！他们都是老百姓！"秦兴体忽然高声喊道。

日军把秦兴体从寨壕里拉出来，问他八路军的物资藏在哪里。秦兴体昂首不语。日军把他绑在刑床上用皮鞭抽打，并把硫酸液洒在他身上。秦兴体身上被硫酸烧起许多血泡，但他一直骂声不绝。日军提起一桶辣椒水，用刺刀撬开他的牙往嘴里灌，然后又狠命地用棍子在肚子上压。血水从秦兴体的口、鼻喷出，他昏死过去。

日军用凉水将秦兴体泼醒，吊在树上，用两把燃烧着的线香烧他的腋窝。秦兴体挣扎着，大声说："乡亲们！中国人民是有骨气的！抗战一定会取得胜利！我们的大部队马上就要回来，我们要和日本鬼子、汉奸斗争到底！"

日军扑上来，用长钉把秦兴体钉在木板上，从其身上割下一块肉，塞到他嘴里。

秦兴体骂道："小鬼子，肉，你们拿去吧，骨头是我的！"

敌人更加疯狂，他们翻转木板，用火烧他的肚子，一刀一刀割他的肉……

群众忍无可忍，站起来和日军拼命。机枪响了，十几名群众惨死在水里。

第二天，秦兴体被折磨致死。到死，秦兴体没有吐露一句机密。

菏泽市抗日纪念馆内秦兴体牺牲时的场景雕塑

日军在"红三村"折腾了六天五夜，没有找到八路军的物资，撤走了。

村民们用门板做了一副棺木，把烈士掩埋在刘岗村边上，秦兴体成了永远的刘岗人。

七十年过去了，刘岗老百姓的草房换成了砖瓦房，又换成楼房，日子越过越好，而秦兴体的墓地还是那么简陋。当年曾在寨壕里目睹秦兴体就义的少年刘效民、刘效参、刘士杰如今已是暮年老者。三位老人想给秦兴体立个墓碑，他们手托柳条筐，步履蹒跚地在"红三村"募捐，一毛、一块、十元、百元，募集了五万元。

当年的寨壕已经填平，成了村里群众文化活动广场。广场的正中，秦兴体烈士纪念碑屹立了起来，了却了耄耋老人一生的牵挂，也诠释着什么是血浓于水，什么是生死相依。

2. 找你寻你一辈子

1996年秋后的一个下午，一位瘦弱孤单的老妇人从遥远的山西来到金乡县鲁西南战役纪念馆，默默跟在摩肩接踵的参观队伍后面。她一边仔细搜寻着展板，生怕漏过每一幅图像；一边仔细聆听着讲解，生怕漏下每一个名字。

"这是烈士南峰岚的画像，他是山西芮城人，原一二九师三纵七旅十九团三营营长。"

南峰岚？当讲解员说出这个名字的一刻，老人如遭雷击。她停下脚步，一动不动地凝视着画像上的面孔，久久没有出声。

难道这就是找了一辈子的人？她睁大眼睛，怔怔地盯着那张既熟悉又陌生的脸，伫立良久，终于忍不住失声痛哭："峰岚啊，可找到你了！我找了你一辈子，等了你一辈子，没想到你在这里！"

她边哭边掏出一块手帕，小心翼翼地擦拭着画像外的玻璃窗……

这位悲恸难抑的老人是南峰岚的妻子。这一刻的"重逢"，距离她新婚三天的分别，已经过去了漫长的半个多世纪。

1937 年，八路军来到芮城，开展轰轰烈烈的土地改革。贫苦之家分到土地和耕牛。南峰岚开始追随共产党，成为一个进步青年，婚后三天毅然参加八路军，离开了家乡和亲人。

十年间，南峰岚先后参加百团大战等大小战斗几百次，夜袭阳明堡成为炸毁日军二十四架飞机的战斗英雄之一，多次立功并光荣入党，从排长、指导员、参谋、副营长，一步步成长起来。

1947 年夏，刘伯承、邓小平率领晋冀鲁豫野战军主力，一举突破黄河天险，发起著名的鲁西南战役，歼敌 5.7 万余人，千里跃进大别山，揭开了解放战争战略进攻的序幕。

羊山战斗是此役中最关键也最惨烈的一场战斗，毙伤俘敌军 23452 人。多年之后，时任第二纵队司令员的开国上将陈再道在回忆录中写道："羊山集那一仗，是我带兵打得最艰苦、牺牲战士最多的一仗。"战斗打了十六天十六夜，大雨也下了十六天十六夜，尸体堆成了山，血水流成了河，过后很多烈士家属联系不上，南峰岚就是其中的一个。在最后一次围攻中，他率部主攻，不幸被暗堡火力射中，壮烈牺牲。

自从南峰岚跟着队伍走后，妻子就和婆婆相依为命。婆婆下世后，剩下她一个人独守空房，艰难度日。

后来，南峰岚捎来过一次信，说还在打仗，在野战军三纵当营长了。然后，一年又一年过去了，再也没有了音信。

再后来，解放了，仗打完了，村里有当兵回来的，也有送来烈士牌的。她去问村里县里，都说仗打得太多了，队伍打散了，好多人联系不上。

联系不上也是"好事"。别人家挂上烈士牌，婆娘孩子哭得昏天黑地。自己家的男人没有信儿，就当还没找着，心里还有个盼头。

一年又一年，丈夫依然没有音信。随着年岁增长，妻子的青丝渐渐变白发，身子骨越来越羸弱。

哪怕他在外又成了家、生了娃，也要找到他的下落，也要知道他是否还活着。于是，她追随着南峰岚打仗的路线，一路找一路寻，一找就是几十年。

从一个一起当兵的战友口中听说，1947年，他在鲁西南打过仗。她从山西千里迢迢赶往山东，先后到过郓城、定陶、曹县，依旧是音信全无。

她不甘心，继续打听，终于在七十六岁的时候，知道了一个叫羊山的地方……

讲解员扶她坐下。她急切地询问，还有第二个南峰岚吗？是哪里人？哪个部队的？确认后，她的心一下子像被掏空了。

讲解员把她领到烈士陵园一座墓碑前，上面刻着南峰岚的名字，墓穴里只埋葬着一个血染的军帽。

她不识字，坐在墓前，一遍遍抚摸碑上的名字，一声声呢喃心中的男人。心，和墓碑的石头一样冰凉；泪，和五十年前的那场雨一样绵绵不绝……

回到家乡的第二年，老人溘然长逝，连野草一般卑微的名字也没有留下。

一个"南峰岚"找到了，可是，还有许许多多个"南峰岚"没有被找到。他们和南峰岚一样，永远长眠在羊山这片热土。羊山，既是他们的流血之地，也是他们的归宿，更是他们的永生之地。

英雄不死，只是凋零。他们的身影永驻历史的丰碑，他们的精神永远融入了中华儿女的血脉。

3. 感恩碑里诉衷情

单县张集镇通往瞿庄村的路口立着一座醒目的石碑，碑的正面是四个大字"感恩怀德"，背面记载了许超和瞿德轩之间延续八十多年的感人故事。

许超是鄄城县旧城镇人，是当地第一支抗日武装创始人。1940年5月，二十八岁的许超被选派到湖西根据地首府单县参加军事班学习。不久，在单县终兴集一带，军事班学员与日军及地方顽固分子激烈交火。战斗中，许超受了重伤，由担架队送至瞿庄村秘密养伤。

村民瞿德轩是村里的堡垒户，他看到许超生命垂危，就找到部队领导说："让这个重伤员住我家吧！"当晚，许超就被抬进了瞿德轩家的东厢房。

许超被子弹击穿腰部，部分脊骨被打断，伤口嘟嘟冒着血泡，奄奄一息。敌情紧急，医药紧缺，军医只为许超做了简单包扎，就赶去抢救其他伤员了。

整整三天三夜，许超昏迷不醒，瞿德轩夫妇日夜守护，喂水喂饭，擦洗换药，一刻也不敢大意。三天后，许超终于闯过了鬼门关。他醒来后说的第一句话就是："我以为这次活不成了，是你们救了我。"

为了让许超尽快康复，瞿德轩夫妇到处打听偏方。听说啥药管用，想方设法找来。家里养了两只老母鸡，鸡蛋只给许超一个人吃。四十天后，许超终于能下床了，瞿德轩却累得大病一场。

当时伤员每月供给三十斤高粱米，有一段时间敌情紧张，粮食送得不及时，瞿德轩就把家里的粮食省给许超。后来全家都断顿了，瞿德轩就到处借粮食。

一天，瞿德轩的女儿大景端着一碗稀饭过来说："叔，俺爹没借到粮食，家里就只剩下这碗稀饭了，你先吃。"

看着这碗稀饭，许超哽咽了，对大景说："孩子，你还小，你吃吧。"

大景摇摇头："俺爹说了，你伤好了还要打鬼子，不能饿着。"两个人推让半天，谁都不肯吃。

为了寻找八路军伤员，日军经常来村里"扫荡"。每逢这时，瞿德轩夫妇就把许超放到门板上，抬到高粱地里藏起来。

有时来不及转移，就把他背进村后的荫柳丛，或埋在秫秸堆里。

有一天，大景生病了，躺在床上高烧不退，这时鬼子突然进村了。危急时刻，夫妇俩顾不上大景，用门板抬起许超就往村外跑。许超挣扎着想起身，大声喊着："孩子！孩子！"瞿德轩一把按住他："你的命比孩子的命要紧！"等藏好了许超，瞿德轩的妻子才回来抱孩子。

开始，许超一直尊称瞿德轩夫妇大爷大娘，后来瞿德轩的妻子说："我们比你大不了几岁，就喊哥嫂吧。"

许超流着泪说："你就是我的嫂娘！"

许超在瞿家住了四个月，伤好归队那天，他给瞿德轩夫妇磕了个头，说："德轩哥，嫂子，我一定会再来看你们的！"

许超随部队转战南北，多次被授予战斗奖章，记二等功一次。1948 年 10 月，他转业到济南工作。

瞿家的救命之恩，许超一刻也没忘。几十年来，他趁着假期多次到单县寻找恩人，但由于村名和地形变化，始终没找到。

退休后，这更成了许超的一桩大心事。只要有时间，他就住到单县，骑上一辆旧自行车四处寻亲。

瞿家也同样牵挂着许超。日军投降了，许超没来；全国解放了，许超还没来。一年又一年，始终不见他的踪影。几十年了，瞿家的东厢房一直保留着当年的样子：门板还在，磨盘还在，吃饭的案板还在，屋角还是许超养伤时睡的木板床。

每年春夏，瞿德轩都要把许超的名字念叨几回。1988 年冬天，瞿德轩病危，临终前拉着妻子的手说："许超兄弟会来的，他是个有情有义的人。"

一晃到了1990年，在单县张集乡原书记李仕鞠的帮助下，许超终于找到了瞿庄。

刚到村口，他就大喊："就是这个村！就是这个村！"

进到东厢房，看到那些熟悉的物件，已经七十八岁的许超忍不住老泪纵横。大嫂拉着他的手说："许超兄弟，你终于来了，你大哥到死都念叨着你。"

在瞿德轩坟前，许超长跪不起，痛哭失声："德轩哥，我来晚了！这么多年了，我连句感谢的话还没给你说呢，你就走了！"

没能见救命恩人瞿德轩一面，成了许超终生的遗憾。

一个月后，许超领着儿子许学刚来到瞿庄，再次给儿子讲述了当年养伤的往事。他叮嘱儿子：瞿家的大恩，我们一定要报答。从此，许学刚每年都来单县看望瞿家恩人，就像走亲戚

单县张集镇瞿庄村感恩碑

一样。

1997年，在部队当军医的孙子许文第一次回家探亲，许超就领着他来到了瞿庄。他说："瞿家的恩情，咱得一代传一代，辈辈不能忘。"

2005年，许超临终前把全家人叫到身边，说："我走了，报恩不能断。不管到啥时候，咱都不能忘本。"

许文牢记爷爷的嘱托，每年都到瞿庄为乡亲们义诊，送医送药，十多年从没间断。2016年，许学刚和许文在瞿庄村口立了一块石碑，刻下了"感恩怀德"四个大字。

一块"感恩碑"，连接起了八十多年的时光，记下了一段生死与共、血肉相连的故事。

4. 万里寻家慰英魂

菏泽市鲁西新区张和庄社区有一座烈士陵园，园内安葬了136位无名烈士。

2008年清明，社区书记张景宪带领党员扫墓时，一名老党员说："我们年年来扫墓，这些烈士家是哪里的都不知道。现在日子过好了，能不能帮他们找找家？"

帮烈士找家！张景宪心中也萌生了这个想法。

从村里老人口中得知：1947年冬，解放军的一所战地医院设在了张和庄。当时伤员很多，没有抢救过来的就葬在了村西。至于是哪支部队、什么战斗，没人说得清。

张景宪当过兵打过仗，知道牺牲对一个军人家庭意味着什么。

1937 年，他的二爷爷撇下妻子和几个月大的孩子当了兵，再也没回来。二奶奶去世时，已经说不出话来了，还用手指着床后边的木箱。家人打开一看，里面有一件包了三层的老棉布褂头——二爷爷穿过的老褂头，二奶奶守了几十年。

从 2008 年开始，张景宪开着他的破面包车，有空就跑，菏泽、济南、北京，查资料、问熟人，考证出当年的战斗为"菏考奔袭战"，参战的是华东野战军第八纵队。

循着这条线索，2012 年底，张景宪从山东省荣军医院追到新泰市泉沟镇，找到八纵的一名老兵，得知当年参战的部队是八纵二十三师的六十七团、六十八团、六十九团。

四年的时间，张景宪跑了几千里路，终于获知了部队番号。但六十多年过去了，曾经的八纵二十三师又在哪里呢？

不久，菏泽媒体报道了为无名烈士找家的事。一名叫刘浩然的退伍兵看到后联系张景宪，说自己服役部队的前身就是八纵。这个消息让张景宪激动万分。

2014 年 6 月，张景宪来到这支部队，找到当年的战斗资料。资料记载，陵园里埋葬的 136 名烈士，有名有姓的有 94 名，其中有详细籍贯记录的有 86 名。

六年的奔波，136 名"无名烈士"中大部分有了姓名和家庭地址。

张景宪开始为这 86 名"有家"的烈士一一找家。

首先从职务最高的副连长张文禄找起。由于登记的地址是七十年前的，张景宪打了一个星期的电话，才确认了烈士的老家。几经周折，他联系上烈士的侄子张启华，得知烈士的妻子早已去世，无儿无女。张启华带人连夜从辽宁赶来祭奠。

十天就找到了一位烈士的家，张景宪信心倍增。

然而，接下来一连打了半年的电话，由于区划变更、地址模糊、记载不准、人员搬迁等原因，再也没有新的进展。

这时，张景宪想起，自己当兵时，即便身在战区，邮递员也能准时把信送到。"不管这封信时间多长，总有一天会到，它不会丢。"

于是，张景宪开始按照烈士资料留存的家庭地址写信。写上烈士的名字、年龄、部队番号、牺牲时战斗的名称，留下自己的电话。几十封满含期待的寻家信发向山东、贵州、广西、福建、浙江、广东……

不久，这些信又回到了张景宪的手中，只不过信封上多了几个字，或是"查无此人"，或是"查无此地址"。

半年后，他又寄了一遍。希望随着信件的寄出一次次燃起，又随着信件的退回一次次破灭。

为引起邮递员重视，张景宪在信封写上了一段话："该烈士于 1947 年 12 月牺牲于菏泽战役，望邮递员同志再辛苦一下，帮烈士找到家。"

正是这段话，引起了临沂市蒙阴县坦埠镇邮递员王德建的注意。2016 年 6 月 13 日，他分拣邮件时，一封收信人为"公建厚烈士"的信再次出现在他的眼前。他记得因收信地址"朱下村"不存在，已经退回过一次了，这段话让他明白了事情的原委。王德建带着这封信，见老人就问，逢年龄大的就打听，历经波折，终于找到了"公建厚"（实际为龚建厚）烈士的亲属。

寄信寻家的成功，让张景宪看到了希望。他将临沂地区十多位烈士的地址交给王德建。王德建发动他的邮递员朋友，为三名烈士找到了家。

2019年8月9日，云南省昭通市永善县的投递员黄运清接到了一封来自张和庄的寻亲信。黄运清到县里十余个部门和乡镇查询，在朋友圈转发了信息，一直未找到相关线索，于是反映给了媒体。昭通市媒体发了篇报道《一封无法送达的"寻亲"信》。施明山烈士的亲人看到后，联系上张景宪。2021年3月30日，烈士的侄、孙三人来到张和庄烈士陵园，抚摸着英烈墙上"施明山"的名字，痛哭失声。他们把从家乡带来的泥土，轻轻地撒在无名烈士墓碑前，又从烈士陵园捧走一把土，带回云南老家。施明山终于魂归故里！

为烈士找家的事引起了社会的关注，越来越多的人加入行列。菏泽市成立了烈士寻亲志愿者协会，设立了烈士寻亲热线。

2019年，山东省网信办联合新华社，发起"让思念发光，帮烈士回家"公益寻亲活动，帮当年张和庄的十九位烈士找到了家。2021年，山东省退役军人事务厅也加入"让思念发光，帮烈士回家"公益活动，为烈士找家的队伍更壮大了。

从张和庄寄出的找家信还在不断退回，但每年春节和7月1日，信还是雷打不动地按时发出。一年又一年，已寄出一千多封。十几年来，张景宪行程一万多公里，已为四十位烈士找到了家。

从张景宪到王德建、黄运清，从寻亲志愿者协会到"让思

念发光，帮烈士回家"公益活动，从菏泽到全国，无数与烈士素不相识的人还在奔波，还在寻找。"烈士"两个字，让这种寻找成为一种责任。这是信仰的传承，这是红色基因在血脉中的延续。

（二）鲁西精神永流传

镌刻在石上的文字，会被时间的风雨销蚀；书写在纸上的墨迹，会被岁月的尘灰掩埋；而流淌在血脉里的红色基因，则永不消逝，代代传承。抗日的烽火已经熄灭，战场的硝烟已经散尽，但是，鲁西儿女的红色精神，必将在这片伟大的土地上永远流传，也必将激励一代代人赓续接力，为民族复兴贡献磅碡伟力。

1. "只为群众吃饱饭"

"白天喝稀汤，晚上光尿床。不怨爹，不怨娘，就怨地里不打粮……"这个顺口溜反映的是 20 世纪 70 年代菏泽农民的生活状况。

1977 年 9 月，曾任冀鲁豫边区十二区区委书记的周振兴开始主持菏泽地委工作。顺口溜传到耳中后，周振兴万般滋味涌上心头。深思熟虑后，他决定先下乡调研情况。

"冬天白茫茫（盐碱），夏天水汪汪（涝洼）。一年辛苦半年糠，扶老携幼去逃荒。"这是当时东明的真实写照。东明县西南三个公社交界处的小井村，被戏称为"马头公社的西伯利亚"，是以"吃粮靠统销，花钱靠贷款，生活靠救济"闻名的"三靠村"。

1978 年 1 月 16 日，已是农历腊月初八，周振兴走进小井村。在张殿兴家，他看到这样的景象：三间土坯屋已扒了两头的两间，成了老百姓口中的"二郎担山"；剩下的一间四下透风，后墙一角铺着麦秸，周边用破砖围起来，就是全家人的地铺；七口人共盖一床棉絮外露的旧棉被，中间还被孩子蹬出一个大窟窿。

张殿兴第一次见"大干部"，有些拘谨地说："领导啊，生产队里今年没收到啥，虽然政府发了购粮证，可俺没钱买粮啊。家里值钱的只有檩条和瓦，扒下来卖了换粮食。"

周振兴走向堂屋旁边的窝棚厨房，老两口拦着不让进。他推开荆条编的门，掀开米缸，里面只有两斤地瓜干。又揭开锅盖，里面有几个用地瓜面掺和地瓜叶做的窝头，还有几个高粱壳、地瓜叶和榆树皮面粘起来的"菜团子"。拿起"菜团子"咬一口，又苦又涩，难以下咽。

　　这位打过仗、流过血、吃过苦、挨过饿的冀鲁豫老战士禁不住眼泛泪花。难道这是和共产党、八路军生死相依的老区人民应过的日子么？

　　回到县里，周振兴参加县委常委会，当场拍板：把全县盐碱地分下去，群众自种自吃，三年免征农业税，先让群众吃上饱饭！他提议把小井村及周围十几个穷村划在一块，成立小井公社。在小井推出"包产到组""包干到组"的生产责任制。

　　小井公社遂以"大包干"和"借地""治碱""垦荒"的名义，把一部分土地分给农民，还把全公社两千多亩荒地和盐碱地"借"给农民自种自收。

　　调研回来，周振兴每天早起看天，晚上看报，坐卧不宁。让群众吃饱饭的愿望，成了他推行改革的动力。

　　大年初三，周振兴主持召开了菏泽地委扩大会议，学习贯彻中央"六十条"，并形成了长达二十页的会议纪要，主要内容共有八条，被称为"菏泽八条"。

　　周振兴离开小井后，张殿兴家靠救济的二十斤地瓜干渡过了难关。他每天像放茶叶一样往锅里放几片，每个孩子碗里分两三片，高兴得不得了。不久，他家分了十多亩地，还从生产队"借"到了一块地。原先，一亩地打不了一布袋（一百斤）

东明县小井村的设施农业

小麦，当年打了四布袋！

为了把"菏泽八条"贯彻下去，1979 年 5 月和 9 月，菏泽地委又连续召开了两次地、县、公社三级干部会议。周振兴表示："如果有人告我们走'资本主义道路'，我陪你们到北京打官司。农民守着土地挨饿，这无论如何也说不过去。我相信，让农民吃饱饭绝不是罪过！"

周振兴横下一条心："不管这'主义'那'主义'，让老百姓吃饱饭才是好'主义'！""只要叫我当这个地委书记，我就得叫老百姓吃饱饭。做不到的话，这个地委书记我宁可不干！回家'卖红薯'！"

随着分田到户的开展，小井村及周边村庄的生产生活发生巨大变化。得到土地的村民劳动积极性上去了，荒地上打的粮食比生产队的好地还要多。分田到户后，工作组又组织群众改良土壤。庄稼长得好，粮食产量提高了，群众的温饱问题顺利解决。周振兴让菏泽老百姓比周边的地方早了两三年填饱肚子。

小井村首开"包产到户"的先河，撕开了菏泽土地改革的口子，拉开了山东农村改革的大幕，在山东省改革开放历史上写下了浓墨重彩的一笔。1980年，菏泽地区粮食总产量达16.5亿公斤，棉花总产量210万担，花生2520万公斤，由粮食净调入地区变成了净调出地区。到80年代中期，占山东人口不到十分之一的菏泽提供了全省六分之一的商品粮，成为全国重要的商品粮基地。

2. 半生沧桑赤子情

1990年9月，鄄城县董口镇董口村，村民戴光荣家在翻盖旧房。在屋顶的房梁上，他发现一卷已经泛黄的丝绵纸。打开一看，禁不住失声大叫。

四张丝绵纸上，清清楚楚地记载着一个叫李凤英的人的革命经历：

> 李凤英，八路军鄄西办事处侦察员。
>
> 1945年初，担任姐妹团团长时，为掩护邓小平同志的夫人卓琳和其他领导同志的夫人过黄河，带领姐妹团成员扎草人，放烟火，吸引敌人的注意力，使顺利渡河。
>
> 1946年10月，鄄城高魁庄战斗，化名孙小红，深入敌穴，准确摸清了敌情，确保主力部队全歼敌人。
>
> 1947年，在鄄城董口镇西小张庄被捕，被敌人捅了三刀。在昏死了一天一夜之后，被救回了部队。

参加大小战斗上百次，英勇无比，多次受伤，被誉为"鄄西女英雄"。县长郭文斋批准她为一等残疾。

这份"革命证明"，由当时的县委书记陈忠南亲自撰写，上面盖着鄄城县人民政府的大红色印章。

村民们吃惊得瞪大了眼睛："李凤英？就是在食品站收猪的那个李凤英吗？就是靠捡垃圾照顾孤寡老人和孤儿弃儿的那个老太太吗？"

镇政府派人来到李凤英的家。

李凤英接过丝绵纸看了看，淡淡一笑，说："这是部队给我的功劳簿，我都忘了放哪里了。"

文字无声，但这些珍贵的材料却载录了老人奉献的一生。

小时候，祖母领着她从河南一路乞讨来到山东鄄城。1942年，祖母被敌机炸死，留下十一岁的李凤英。

身处异乡，举目无亲，八路军鄄西办事处收留了她。李凤英曾跟随部队走南闯北，也曾被寄养到百姓家里。稍大一点儿，她就参加了革命工作。

1947年底，李凤英在一次战斗中身负重伤，后又感染伤寒。部队转战时，将仍处在昏迷中的她托付给了鄄城董口镇小西张庄的姬殿荣老人。

李凤英在病床上一躺就是五年。姬殿荣、姬德训几位老人像对亲闺女一样伺候她，为她买药治病，几次把她从死亡线上拉了回来。

这期间，战友要南下了，看到她仍然昏迷不醒，就请时任县长郭文斋、县委书记陈忠南为她写了功劳簿和简历证明。

李凤英伤愈，部队早已南下。李凤英感念鄄城百姓的养育之恩，决心留下，好好报答。

1953 年，李凤英与姬全喜结为夫妻。她收起功劳簿，认下看护她的老人姬殿荣、姬德训为义父，担起了做女儿的责任。

李凤英在乡食品站找到一份工作。一天她外出收猪，听说村里有位叫李金花的老大娘丧夫丧子，十分可怜，就把老人接到自家来。

1967 年，李凤英在玉米地里拾到一个被遗弃的男孩。孩子因病染上破伤风，已奄奄一息。李凤英把孩子带回家，视若己出，起名姬建义。

为给孩子看病，李凤英几乎卖掉了家里所有可卖的东西，包括她藏有功劳簿的那间房子。整整八年，姬建义的病才痊愈。

几十年间，李凤英在鄄城董口镇赡养了十八位老人，收养照顾了十一位弃儿、孤儿。她把自己的家当成了敬老院和孤儿院。

李凤英在食品站的每月工资只有二十七元，生活窘迫，入不敷出。秋天，她拾杨树叶，冬天，她拾粪捡垃圾，没睡过一个囫囵觉。她甚至很少能吃顿饱饭，一点一滴都省给了老人和孩子。

隐身乡野四十年，已经没人记得她曾是冀鲁豫勇敢的女战士，只知道她是村里一位热心肠的老太太。

功劳簿蒙了尘埃，连她自己都已忘记，直到她卖掉的房子被新房主拆除，女英雄的事迹才重又传开。

部队领导、曾经的战友纷纷为她写来证明，她却淡然处之，从没向政府、向组织提任何要求。1992年，郓城县委等有关部门在调查核实的基础上，恢复了李凤英的干部身份，为她办了离休手续。

第一个月领到八十五元的离休金，李凤英感慨道："太多了！"

有人说："老人家，您是打天下的英雄，早就应该享受坐天下的待遇了。"李凤英说："比起那些牺牲的战友，活着，我已知足。"

1998年，李凤英把自己珍藏了几十年的革命文物悉数捐献给了冀鲁豫边区革命纪念馆。

3. 省长的珍藏

冀鲁豫南下干部、曾任贵州省副省长的申云浦1991年去世后，留下了一只旧木箱。这只箱子在申云浦的卧室里放了很多年，孩子们一直都没打开过。直到2013年，菏泽市来人到贵州征集南下干部资料时，申云浦的女儿申鲁晋才打开了这只箱子。

箱子的最上面是一面鲜艳的党旗。申鲁晋眼圈红了："这是父亲去世后，盖在他身上的党旗。"

下面除了几件旧衣物，全都是信件，一捆一捆码得整整齐齐。

申鲁晋哭出了声："我知道这些信，这都是老百姓写给爸爸要求解决问题的信，有上千封，每一封他都亲自批复过。没想到这么多年了，他还一直当成宝贝放到箱子里，他最宝贵的就是这些！"

一封封旧信件被铺在桌子上。各种纸张，各种笔迹，有的寄自山村，有的寄自工厂，有的寄自学校，写信者都是来自基层的普通群众。

1979 年，申云浦重新担任贵州省副省长。那段时间，正是拨乱反正时期，他每天都会收到很多要求解决问题的群众来信。

申云浦白天忙工作，夜里加班处理信件，每晚都工作到深夜。每封信他都仔细审阅，拟定解决办法，再安排秘书去调查落实，跟踪回访，直到妥善解决，收到群众的反馈回信才算放心。

那时申云浦已患上了严重的风湿症和哮喘病，发作时气喘吁吁，常常闷得喘不过气，有时给群众回一封信都要喘好几次。秘书担心他身体吃不消，未经请示，就动手代为复信。

没多久，他就若有所思地问秘书：最近怎么群众来信这么少啊？秘书如实做了汇报，解释说："有些信看着事不大，我就做主替您回复了。"

申云浦感慨地说："群众给省长写信，往往会思虑再三。有些事我们看着不大，但对群众来说，可能就是天大的事。他们给我们写信，是出于对党和政府的信任。我亲自给他们回信，就是不想辜负这份信任。"

秘书明白了，在申云浦心中，群众的事无小事。

申云浦先后担任过贵州省委副书记、贵州省政协主席、贵州省副省长。在贵州几十年来，他一直保持着冀鲁豫共产党人密切联系群众的工作作风。熟悉申云浦的人都知道，他个性爽朗，爱交朋友，尤其善交平民朋友，从中了解民情民意，这是他联系群众的一个重要途径。他去修脚，去洗澡，去理发，都能和那里师傅们成为无话不谈的朋友。每次下乡调研，他都能交上几个农民朋友。好多群众很自豪："咱们有个爱聊天、没架子的省长朋友。"逢年过节，不是老百姓去看省长，而是省长拿着礼品去看老百姓。省长和群众，就像亲戚一样亲近。

申云浦最爱下乡调研。省长有专用配车，但他的车和别人不一样。他挑的是那种银白色、个头最小的车。他说这种车有三个优点：一是省油，二是不显眼，三是方便走乡间土路。申云浦下乡有个不成文的规矩，从不坐着车进村子，都是在离村子一里地外就下车步行。他的车里常年放着一个小马扎，下了车就拎上小马扎去村里溜达，随时坐在田间地头和农民拉呱。

一次下乡，秘书半天都没找到他，后来才看见他正坐在马扎上，兴致勃勃和一个老农民下象棋。一盘棋下完，这个村的情况就摸得一清二楚了。

申云浦处理最后一封群众来信，是在医院的病床上，为蒙受七年牢狱之冤的钟亮益彻底平反。

收到钟亮益的上访信时，申云浦已瘫痪在床，全身插满管子。秘书怕加重他的病情，犹豫再三，才向他做了汇报。他取下氧气管，低声叮嘱："此事重大，必须彻底解决。"

钟亮益的案情牵扯面极多，时间又久，一时很难解决。申云浦在写最后一封批复信的时候，实在难以坚持，就把秘书叫到病床前，断断续续口授了批复意见。

在申云浦的催办下，钟亮益的冤情彻底平反昭雪。申云浦得知后很欣慰，躺在病床上深深呼出了一口气，忍不住流下两行热泪。

申云浦病危时，很多人都来看望。有各级领导、同事，但更多的是普通群众。医生不让进病房，他们就在病房外偷偷看一眼，在门口的探视簿上签个字就走。挂在病房外那个厚厚的签字簿，留下了一千五百多个普通群众的名字。

申云浦去世那天，医院整个病房楼都挤满了人。工人、农民、修脚工、修钢笔的师傅……他的很多平民朋友都来了，整座楼一片哭声。

申云浦临终前留下遗愿：骨灰安葬在山京农场。

1955 年，申云浦被打成"反党集团"首领，下放到安顺山京军马场，名为副场长，实为劳动改造。在这里，他度过了生命中最艰难的一段时光。

在农场里，申云浦很快学会了全部农活。他与工人同吃同住同劳动，连农场周围的农民都成了他的朋友。他调离农场时，农场职工和附近群众都赶来相送，一家做了一个菜，有上百道送行菜。申云浦与群众泪眼惜别，最后竟哭成一片……

离开农场多年，申云浦一直眷恋和怀念着这里。在最后一次入院前，他给山京农场全体工人写了一封信，请求死后安葬在这里。骨灰安葬后，工人们为他修建了墓碑。有一个老工人，是他下放农场时的老友，自费坐火车来到山东德州，买回了两只烧鸡，摆到申云浦墓前，边流泪边念叨："你活着时，咋都不让我们去看你，也不让给你送啥东西。现在你去世了，老哥哥我真想你呀！那年你挨完批斗，晚上咱俩钻进一个被窝拉呱，你说过只想啃一只老家的烧鸡呢。你看，这是我专门跑到山东为你买回来的，你尝尝吧……就让老哥哥最后表达一次心意吧……"

墓碑上是农场工人一笔一画，集体为他刻下的四个大字：风范长存。

一生珍藏人民的人，将永远被人民珍藏。

4. 湖西有个红军亭

单县朱集镇张寨村有一座红军亭，它记载了十六位在单县战斗生活了大半个世纪的老红军的故事。

张寨在抗战时期大名鼎鼎，是单县乃至湖西地区抗日救亡的中心，被誉为湖西"小延安"。

这些老红军大多来自江西、福建、四川等南方，多数参加过第五次反"围剿"，经历了爬雪山、过草地，走过两万五千里长征路，屡立战功，后来因伤病留在张寨生活。他们改变了口音和生活习惯，成了地地道道的单县人。

当年养伤期间，湖西的群众把他们视为亲人，舍生忘死掩护他们。担心口音暴露，他们中许多人装哑巴，几年不敢开口说话。敌人来了，群众冒险帮他们躲藏。有的不慎被敌人抓去带路，老百姓争着把他们换下来。为了给他们找药，有的群众故意弄伤自己，买来药物为他们疗伤……

单县红色湖西教育基地大门上镌刻的《湖西军歌》

湖西人民给了他们第二次生命，又帮助他们在当地结婚成家，他们大都成了单县的女婿。新中国成立后，他们居功不自傲，一直工作在基层，不少人当了农民。可他们从无怨言，怀着感恩之心，想方设法回馈湖西人民。

朱树，十六位老红军之一，江西赣县人，原名朱祥材，1929 年参加红军。长征期间，朱树是中央警卫排战士，负责为中央挑文件。一次休息间隙，他小声哼起了家乡小调，恰巧被毛主席听到，便问及他的家乡和姓名。主席听到朱祥材这个名字后，笑着说："这个名字听起来有点地主老财的味道，看你高高大大，像一棵大树，改个名字叫朱树吧。"此后他便用了朱树这个名字。

朱树曾任八路军一一五师六八六团营长，参加过平型关战役。后来，随六八六团来到湖西，新中国成立后留在了单县张寨。

村里给朱树分了土地，他跟着群众学种地，很快掌握了种地技术。他乐于助人，自己买了一辆自行车，却始终都没有学骑，而是供全村人有事急用。那时自行车可是金贵物件，整个张寨也没几辆，这辆自行车被群众称为"全村骑"。

赵文胜是福建省武平县人，十七岁参加红军，1938年随部队挺进鲁西南，任冀鲁豫军区教导四旅十团一营卫生所所长。他医术精湛，尤为精通医治红伤。新中国成立后，赵文胜为周边村庄义务行医，因为看病不收钱或少收钱，很多群众心怀感激但无以回报，就认他作干亲或兄弟。时间长了，赵文胜亲人遍单县。

张树英原籍江西省宁都县，1931年参加红军，参加过五次反"围剿"战争。平型关战役时，任六八五团连长，战争中身体两处负伤，肩胛骨部位一边是子弹，一边是炮弹皮。1946年7月，他从部队复员后任单县郭堂区副区长，可他说话的口音群众听不懂，工作不便，上级又把他从副区长调任村长。他二话没说就从区里来到村里工作。晚年，张树英在单县、砀山、梁山、成武等地做过几百场报告，讲述战争年代的亲身经历和战斗故事，传播红色文化。

宋金标是山西省潞城县人，1935年参加工农红军，屡立战功，是著名的杀敌英雄。新中国成立后，他谢绝了组织安排的职务，回到张寨村参加农业生产。他说："这里是我战斗十多年的地方，有我生死与共的战友，有给我第二次生命的百姓，我要回去报答他们。"

宋金标担任张寨村支部书记，带领群众架桥修路，和老百姓一样下地劳作。在物资匮乏的年代，他把政府优待给他的票证接济给最需要的群众，拿出工资建村小学。他是二等伤残军人，腿部留有弹片，走路不便，但照样带领群众挖台田、深翻地。他经常早起三更去，晚归满天星，每天沿着河堤走三十多里地，一年拾粪十五万斤。老百姓说："当年杀敌是英雄，今日积肥是英模。"

1959 年 5 月，宋金标作为复员军人先进个人，参加全国社会主义建设积极分子代表大会，受到党和国家领导人的亲切接见。

高锦文是山西孝义县人，1936 年参加红军，1939 年随部队挺进鲁西，梁山战斗时腿部负伤，被评定为一级战残，曾多次荣立二等功和三等功。1953 年，高锦文因脑部残存弹片压迫神经，丧失说话能力，但他对张寨村的事仍然十分关心，用手比画着指挥村里群众打机井、架电缆、修公路、疏河道。每年冬天，高锦文家里都要买几千斤煤炭，村里谁家缺柴烧，就到他家随便拉。周边群众生活困难时，都找他借钱，他有求必应。

单县朱集镇张寨村红军亭

1990 年清明节，高锦文一早就穿上了军装，告诉老伴，他想念当年的老战友了，要去看看他们。老伴推着他来到湖西革命烈士陵园，他和那些牺牲的战友一起待了大半天。当天晚上，高锦文溘然长逝。

县里按照高锦文的遗愿，把他安葬在了张寨村。遗体运回张寨途中，十几个村的群众列队，一村接一村为他扶柩，几千名群众为他送行。

如今，这十六位老红军都长眠在湖西这片土地上，他们的名字被刻在了红军碑上，也永远留在了湖西人民心中。

参考文献

[1] 冀鲁豫边区革命史工作组著:《冀鲁豫边区革命史》,山东大学出版社 1991 年版。

[2] 中共冀鲁豫边区党史编委会编:《中共冀鲁豫边区党史大事记》,山东大学出版社 1987 年版。

[3] 中共齐河县委组织部、中共齐河县委党史研究室编:《山东第一个农村党支部——齐河县后里仁村党支部》,华龄出版社 2016 年版。

[4] 中共齐河县委党史研究室著:《中共齐河地方史》,黄河出版社 2002 年版。

[5] 中共山东省委党史研究室著:《中共山东地方史》,山东人民出版社 1998 年版。

[6] 魏兰春主编:《中共阳谷历史大事记(1925—1999)》,中央文献出版社 1999 年版。

[7] 贾凤英、孙凤云主编:《菏泽文化通史》,山东人民出版社 2017 年版。

[8] 中共菏泽地委党史资料征集研究委员会、中共菏泽

地委宣传部、山东省出版总社菏泽办事处编：《刘邓大军七战鲁西南资料选》，内部印行，1985年。

[9] 贾凤英主编：《巍巍丰碑——冀鲁豫边区革命斗争追忆》，中国文化出版社2010年版。

[10] 中共菏泽党史研究院、冀鲁豫边区革命纪念馆、菏泽市抗日纪念馆编：《菏泽红色故事》，线装书局2021年版。

[11] 王瑞宇主编：《红色湖西》，中央文献出版社2015年版。

[12] 李金陵主编：《微山湖洪波曲》，文化艺术出版社1991年版。

[13] 李延国、李庆华著：《根据地》，泰山出版社2015年版。

[14] 王协振编著：《莘县人民革命史》，中共党史出版社2000年版。

[15] 中共聊城市委组织部、中共聊城市委党史研究室编：《冀鲁豫边区民主民生运动与党的群众路线——纪念中共冀鲁豫（平原）分局成立70周年文集》，中共党史出版社2013年版。

[16] 中共茌平县委党史研究室编：《茌博岁月》，人民出版社2011年版。

[17] 《中华英烈事迹读本》编写组编：《中华英烈事迹读本》，新华出版社2020年版。

[18] 中共高唐县委党史研究中心著：《中国共产党山东省高唐县历史》（第一卷），中共党史出版社2019年版。

[19] 《世纪的追思》编写组：《世纪的追思——缅怀赵伊坪烈士》，人民出版社2000年版。

后 记

　　《丛书》的编纂，是在山东省委宣传部直接领导下完成的。省委常委、宣传部部长白玉刚同志统筹策划部署，并担任编委会主任，多次主持召开编委会会议，提出明确目标要求和指导意见。省委宣传部分管日常工作的副部长、省文明办主任、省新闻办主任袭艳春同志对本书的立项出版、风格设计等方面提出了许多宝贵意见。在魏长民、毕司东、程守田、张同海、冷兴邦等同志的大力指导支持下，以教育部人文社科重点研究基地山东师范大学齐鲁文化研究院为学术挂靠单位，组建了《丛书》编纂学术委员会，具体负责编纂工作。山东师范大学特聘资深教授王志民任主任，山东大学儒学高等研究院教授杨朝明、中共山东省委党史研究院原一级巡视员韩延明、鲁东大学原副校长刘焕阳任副主任，全省相关高校、科研单位的 15 名学者为委员。

　　编纂过程中，《丛书》被列为山东省社科规划 3 个重大委托项目和 16 个一般项目。杨朝明为传统文化重大项目组首席专家，韩延明为红色文化重大项目组首席专家，刘焕阳为河海文化重大项目组首席专家。编委会经反复研讨，制定了《编撰体例》《编撰指导意见》；在省委宣传部支持下，采取主任统一领导与首席专家具体负责相结合的方式，认真落实各卷主编为质量第一责任人、首席专家和学术委员为主要质量把关人的运作机制；多次召开线上与线下、全体与分组相结合的研讨会，对提纲设计、样稿研讨、通稿审稿等关键环节，深入研讨、反复审议，编委会与全体编纂人员团结合作、齐心协力，付出了艰辛劳动。山东文艺出版社提前介入，对编纂工作和撰稿体例等提出了许多宝贵意见。在此，我们谨向为《丛书》编纂付出心血的各位领导、专家、作者和所有相关同志们表示诚挚感谢！

本册编纂，得到首席专家韩延明教授和学术委员李金陵教授、章猷才教授、田同军教授、吕志俊教授、汲广运教授的悉心指导，由中共菏泽市委宣传部组织，中共济南市委宣传部、中共聊城市委宣传部、中共济宁市委宣传部、中共德州市委宣传部、中共泰安市委宣传部、菏泽市退役军人事务局及冀鲁豫边区革命纪念馆给予大力支持。付守明、李庆华任本册学术顾问，主编刘海鹰（菏泽市科协副主席）全面负责本册的编纂工作，张广健、荣海生任副主编，刘海鹰、秦绪林、盛红娟、辛云霞、张广健、荣海生具体撰稿，李庆华、刘海鹰统稿定稿。

由于水平和条件所限，不妥之处在所难免，欢迎有关专家和广大读者批评指正。

编者

2023 年 8 月